当代作家精品
散文卷

主 编 凌 翔

晓梦初拾

李沁蔓
/著

民主与建设出版社
·北京·

© 民主与建设出版社，2021

图书在版编目 (CIP) 数据

晓梦初拾 / 李沁蔓著 . —北京：民主与建设出版
社，2021.5
ISBN 978-7-5139-3497-8

Ⅰ.①晓… Ⅱ.①李… Ⅲ.①散文集－中国－当代
Ⅳ.① I267

中国版本图书馆 CIP 数据核字（2021）第 077467 号

晓梦初拾
XIAOMENG CHUSHI

著　　者　李沁蔓
责任编辑　周佩芳
封面设计　陈　姝
出版发行　民主与建设出版社有限责任公司
电　　话　（010）59417747　59419778
社　　址　北京市海淀区西三环中路 10 号望海楼 E 座 7 层
邮　　编　100142
印　　刷　河北信德印刷有限公司
版　　次　2021 年 7 月第 1 版
印　　次　2021 年 7 月第 1 次印刷
开　　本　710 毫米 ×1000 毫米　　1/16
印　　张　13
字　　数　200 千字
书　　号　ISBN 978-7-5139-3497-8
定　　价　49.80 元

注：如有印、装质量问题，请与出版社联系。

序言　旧梦重拾，任重道远

　　这本集子应该算我的第四部书了，之前我完成了三部长篇小说，散文集却是第一本。

　　香红是我写作途中偶遇的一位年轻老师，她读过我的书稿大为赞叹，并鼓励我一定要出书，让有缘人来邂逅这份温暖。她以专业的眼光，认真负责的态度，把关书中的每个细节，因此才有这部集子的面世。

　　我用半生时间在琐碎的日常与阅读中度日，甚是享受。今天轮到我来写，他人来读，略有些担忧。就像自己生的孩子，越是宝贝，越怕别人不喜欢，怕有人嫌她丑，说她不够聪明。但我想，我应该相信自己。我敬畏文字，坚持以良知书写有温度有爱的文字；用虔诚的态度，虔诚的笔墨记录丰富而厚重的生活，抒写美好又沧桑的人生。人生有涯，文学无涯。我会带着责任感和使命感，继续书写人世间的真善美假丑恶，给后辈留下有价值的文字和思考。

　　写作之事，于我来说是梦想，是修行。既是修行，就一定有引领进门的师父。而我的尊师——换句话说，就是我最初的文学启蒙者，他就是我的小学班主任李如超老师。

李老师的语文课幽默风趣，旁征博引，妙语连珠。他开创情景授课的先河，带领我们深入乡村，亲近土地，向大自然学习。他的聪明睿智，独特而引人入胜的授课方式，让我爱上了语文。

　　李老师不定期带我们去乡间春游、野炊、登山，有时带领我们去参观工厂。当李老师宣布，第二天不上课，去哪里游玩时，同学们将书抛向天花板，跳跃，尖叫，差点掀翻教室屋顶。不承想老师话锋一转："回来后写一篇作文，明天交。"教室里如泰山压顶，哀号一片。我则云淡风轻，暗自开心：又有素材可写了。

　　白天游玩，晚上提笔写作。我文思泉涌，根本停不下来。一天的活动丰富多彩，我从多种角度去写，一口气能写五六篇。这完全归功于李老师的教育，是他把我的写作潜能激发出来了。那时候，胡乱涂鸦的一篇小作文，也会被老师在课堂上大肆表扬。直到现在我都不明白，那些作文是歪打正着吻合老师的标准，还是老师善良的本能，为了促我进步而刻意夸大其词。不过这些早已不重要了，因为从此以后我已经疯狂地爱上了阅读和写作。

　　到了初中，老师看重分数却不太重视作文课，因感受不到浓厚的写作氛围，我也渐失写作热情。但还是在老师的推荐下，参加过一次全国中学生作文大赛，获三等奖。

　　上高中，是我第一次独自离家远行，第一次住校。周遭全是陌生面孔，我想家，想外婆，想父母。孤独无可排遣，便将自己的所见所感记录下来，并试着投稿。陆续有文章在全国刊物发表。当第一张汇款单躺在传达室，老师同学们争相传阅，全校轰动。班主任、校长都非常重视，给我与稿费同等的现金奖励，鼓励我继续努力。在校长和教导主任的促动下，学校成立了文学社，我被选作社长和校刊主编。虽然在老师同学眼中，我还算有点写作天赋。我却只是把写作当作业余爱好，并没有远大目标。

　　"没有目标，哪来的劲头？"俄罗斯作家车尔尼雪夫斯基曾说过。是的，做任何事，都是这个道理：没有目标，凭一时热情，注定走不远，飞不高。兴趣来了，一篇文洋洋洒洒一挥而就，懒惰起来，十天半月也难写一个字。从高二开始，学习压力大，我的写作热情消失殆尽。此后求学、恋爱、工作、结婚生子。为了生活，在这个障碍重重的世界里，艰难行走。除了工作报告、述职演讲、年终总结，我再也没有认真写过一篇风花雪月的文字。我成功地将自己混成了路人甲。

2018年小学同学聚会，同学们对我没有从事文字工作而倍感惊讶。我深刻反思自己：我的前半生，没有坚持写作是最大的遗憾。我不但对不起对我寄予厚望的父母和老师，更对不起自己那点可怜的天赋。我决定重新拾起搁置太久的笔，先从短篇小说开始，两年下来写了十几篇短篇小说和三部长篇，与"华文翼书"和百步文化公司签约出版。虽然成绩不佳，尚有很大的进步空间，但写作过程中我充满快乐和富足，获得了内心的丰盈。

我认为写作的价值和意义在于写作本身。有人说，在收到稿费时、看到自己的文字被印成铅字时、剧本被搬上银幕时，才能体现写作的价值和意义，体验到成功的快感。我觉得，真正热爱写作的人，最享受的是从无到有的创作过程，将自己的思想和情感流泻于笔墨纸端时，那种酣畅淋漓的感觉。写作就是记录生活，还原生活。那些深潜于心底多年的爱与往事，身边发生的感人至深的真人真事，如果不以文字的形式记录下来，会随着年龄的增长随风而逝。

写完这本散文集最后一个字时，已是深夜。我站在窗前，窗外一片漆黑。除了路灯还睁大眼睛，忠于职守，万物皆已入眠。想起写作进入疯魔状态的小学阶段，恍若隔世。那几年，几乎每天，我都在努力地写，如饥似渴地读。日记、作文、蹩脚的诗行……写秃了多支钢笔，写完了十几个厚厚的笔记本。父亲规定了严格的作息时间和行为守则，不敢逾越。几乎每晚都是躲在被窝里打着手电筒看书，很快就将自己折腾成高度近视。

如今，人到中年，回忆往昔。我特羡慕小时候的自己，我像个被梦想俘获的孩子，笨拙、缓慢地行走在追梦的路上。原本坚实的脚步却越走越凌乱，直至最后，弄丢了自己的梦。如今，重拾旧梦，颇感任重道远。

摩西奶奶说，人生永远没有太晚的开始。人生的上半场，我为孩子为家庭为生存而拼命。人生的下半场，我要为文学而努力。未来的路还很长，要走的路还很远，路上亦会有风霜雨雪，艰难坎坷。我会执着、坚定地走下去。

写作的路，我才跨出第一步，深知天资愚钝，资历尚浅，能力不足。也知道，在写作上我根本算不上有天赋，我愿意用勤奋来弥补，珍惜活着的每一个当下。

感谢一路上不断鼓励我的著名作家陈清贫老师、王痕绩老师、沉香红老师、可人老师。没有他们的帮助与督促，这本书或许又要再拖延些时日了。

愿每一个看到这本书的朋友，都能从书中的故事里看到自己，重温爱与温暖，获得追梦的勇气与力量。愿你们越来越美好，越来越幸福。

目 录

第一辑　情疏迹远只香留

那些年走过的夜路

妈妈年轻时，在村里同年人中算是文化层次较高的。村小缺老师，村里差卫生员，她可以二选一。妈妈妄自菲薄，唯恐误人子弟，选择当卫生员。通过严格培训，她正式上岗。

家里的生活节奏从此打乱。有时我们正在吃饭，病人来了。妈妈赶紧放下碗筷，接待病人。等送走病人，饭菜早已凉透。农活耽搁不起，妈妈匆忙吃下早已凉透的剩饭剩菜，赶着去干活。时间久了，因此落下胃疼的毛病。

有时锅里煮着饭菜，病人上门，妈妈不得不将半生不熟的饭菜盛起来，将注射器具放进锅里煮——高温消毒。我们兄妹几个怨声载道。妈妈语重心长地说："病人大老远来了，哪能让人家久等。"

有病重无法行走的，妈妈就得上门服务。农村杂活多，家家都忙，只能相约晚上。天黑之后，妈妈收工回家，放下农具，背上医药箱就往外跑。

我的家乡属于丘陵地带，山路崎岖，即使在一个村里，户与户之间也相距甚远。最远的人家，往返甚至得一个小时。

夜路难行，更何况是孤弱女子。妈妈于是让我跟她做伴。但我从小胆小怕黑。天一黑，就像跟屁虫似的腻在外婆身边，亦步亦趋，眼睛都不敢往黑暗的方向看。何况夜路险长，谁知道路上有多少牛鬼蛇神？我抵死不从。

外婆提醒我："你忍心让你妈一个人摸黑赶路？万一她被鬼拖走了，你就没妈妈了。"

"你不怕我也被鬼拖走吗？"我以为外婆吓唬我。

"不会，小孩阳气旺，鬼最怕小孩。看见你，鬼会躲得远远的。"外婆神色自如，语气不容怀疑。

我从小就对外婆的话深信不疑。此后，只要有夜诊，我早早准备好手电筒和出诊箱。生怕稍有懈怠，妈妈就被鬼拖走了，我就没妈妈了。

农村的天一黑，到处都是黑黢黢，荒无人影，寂静得像没有人类存在。山路崎岖狭窄，白天蛰伏的各种动物会趁着黑夜出来活动，发出各种古怪的声音，格外瘆人。村里都是崎岖不平的山路，或者羊肠小道。有些路段白天行走都很艰难，何况晚上。月黑风高，黑夜几乎吞噬了手电光，路影暗淡。

路两边多是密林与高山，林间寂静，只有我们的脚步声和呼吸声交错可闻。有时树梢上熟睡的鸦雀，被我们的脚步声惊醒，发出"呱"的恐怖叫声，扑扇着翅膀飞远。我吓得扑进妈妈的怀里，惊恐大哭。妈妈轻声安慰，牵着我的手继续赶路。她的手心里，也是汗津津的。妈妈说，那是热的。

偶尔路过的风，把树叶割出细碎的声响，"唰唰""唰唰唰"，像有鬼御风而来；婆娑的树影摇曳，如群鬼起舞，令人毛骨悚然。我的心扑通扑通地狂跳着，脊背发凉，举步维艰。我使劲憋着呼吸，紧紧攥着妈妈的手。很多路段根本容不下两个人并行，我走前面也怕，走后面也怕，每迈动一步都如临大敌。家里的大黄狗送了一程，不知何时已偷偷溜走，暗夜恐怖，路途险远，它知难而退。我和妈妈退无可退，只能硬着头皮往前赶。

有时候走到半途，突然下起雨来。返回拿伞，浪费时间，只好顶风冒雨行进。无边的黑暗，如瀑的雨水，从四面八方向我们围拢过来，雨水模糊了视线，看什么都像鬼影幢幢。泥路湿滑，每前进一步都如履薄冰。一边是万丈深渊，一边是暗黑的森林，恐怖之情与步剧增。

我无数次想折返，飞奔回外婆身边。但如果半途而废，我只能一个人返回，那更是要命。妈妈是绝对不会放弃的，病人比天大，就算天上下刀子，她也不会退缩。

夏夜，星辉点点，蛙鸣声声。月光粲然如珠，微风清凉。但夏夜也并非只有美好、浪漫，更多的是空无边际的恐怖。风起长林时，树枝如同鬼手招摇；树影摇曳间，猫头鹰的夜眼令人胆寒。不知是什么在脚下草丛中窸窸窣窣地穿梭，也许是老鼠，也许是青蛙，更有可能是毒蛇，难以分辨。夏夜凉爽，我却冷汗直冒，寒毛竖立，心里像战鼓雷鸣，"咚咚，咚咚咚"。

最可怕的是严寒的冬季，刚出门，狂风怒号，寒气逼人。爬坡上坎，道路凹凸，我们深一脚浅一脚地艰难前行，累出一身汗。好不容易挣扎到了病人家里，汗湿的衣物紧贴着肌肤，如冰渣裹身，针扎一样刺疼。妈妈处理完病人，我们跨出门，又如坠冰窖，冷风似刀子往脸上割。冷，是那种侵入骨子里的冷，极致的冷。万籁俱寂，仿佛全世界都睡着了。唯有我和妈妈两个夜归人，凄惶地行走在凄风苦雨里。

这夜路，妈妈一赶就是二十多年。二十多年寒来暑往，风雨无阻。直到我们在城里定居，妈妈才停止为村民服务。妈妈所做的这一切，从来都是无偿的，从未收取国家和个人一分钱。连病人家属硬塞几个鸡蛋，妈妈都断然拒绝。

如今闲坐聊天，提起那些年所走的夜路，我还脊背生寒，后怕不已。我问妈妈："那些年我们赶夜路，您害怕吗？"

妈妈苦笑："你外婆知道，我从小最怕黑了，从不敢一个人走夜路。还好有你跟我做伴，为我壮胆。"

我从未想过，她也是柔弱怕黑的寻常女子。那时候，妈妈是我心中最厉害的人。温柔、善良，待人真诚；注射技术高超，病人刚感受到胀痛，她已注射完毕；干农活也是一把好手，庄稼长势喜人，收成好，产量高。那些年走起夜路来，面不改色，步履稳健。我一直以为妈妈天不怕地不怕。现在想来，哪里是不怕，只是在那些夜路里她所惧怕的鬼神和人心，全都在她的勇气和责任感下灰飞烟灭，被更远大的，关怀病人的情感占据了。

　　偶尔午夜梦回，山间密林里，仍有个单薄身影，强忍恐惧，一步一步，走进黑夜，走向她的病人。

外婆的祖传秘方

在我的记忆中，外婆总是穿着蓝色棉布长褂，款式古老，直领，盘扣，斜对襟。下面是蓝色或黑色棉布裤子，三寸金莲裹在小小尖尖的绣花鞋里。齐耳短发，几乎全白。头上一年四季戴着帽子，有时换成黑色或白色的头巾。

外婆从没上过一天学堂，却善良贤惠，知书达理。外婆在村里威望颇高，邻里之间若有矛盾，都来找外婆评理。外婆寥寥数语，就春风化雨般暖了双方的心。原本剑拔弩张的冤家对头握手言欢，相携而去。

我出生那年，外婆已经六十多岁了。颠着一双被缠得干瘦的小脚，行动如风。家里数只鸡，两只猪，一条狗，一家子的一日三餐，还有襁褓中的我，全靠她忙前忙后。尤其是我，从小体弱多病，爱哭爱闹，磨人又费神，外婆总是抱着我走来走去，哄我入睡。在外婆的照顾下，我日渐强壮，衣服干净整洁，朝天辫上还扎着一对儿红头绳。外婆心灵手巧，把我打扮得可爱又洋气。

等我稍大点，发现家里经常莫名其妙地出现一些陌生人。男女老少，各色人等，我不知道他们是干什么的。那些人往往苦着脸来，微笑着去，仿佛我家有某种神奇的魔力。

有一次，一群人用担架抬来了一个怪人。听说得了重病，被医院拒收。家里人不甘心，抬来让外婆看看，死马当活马医。那人脸色惨白，眼神空洞，整个人充斥着死亡气息。从头到脚，长满鼓包，小的小如豌豆，大的大如鸡蛋，看起来怪异又恐怖。我吓得哇哇大哭，家人捂着我的眼睛，抱着我离开。

再一次看到他，是两个月后。那个曾经垂死的病人来到我家，步履矫健，满脸堆笑，很和善的样子。他身上的鼓包不见了，皮肤平滑干净。他提来了一篮鸡蛋，还硬塞给我几颗糖。见到外婆，他"扑通"一下跪在外婆面前，额头磕在地上"嘣嘣"地响，泪水"哗哗"地流。他对外婆千恩万谢，长时间跪地不起。我懵懵懂懂地看着。那是我第一次看到，七尺男儿痛哭到不能自已的样子。

后来妈妈告诉我，那个人生了怪病，是外婆治好了他，他这是上门来感谢外婆呢。原来那天，那个垂死的怪人没有离开。外婆怕吓着我，把他藏在另一间屋子里，悉心照顾，硬把他从鬼门关给拉回来了。一般病人都是自己走着来的，像他那么严重，抬着来的病人，那是我见到的唯一的一个。

来找外婆治病的人很多，大多数都是慕名而来。不管来者贫穷富贵，外婆从不收钱，很多时候还留病人在家里吃住。一些人好了之后，专程回来感谢外婆。有的带上几个鸡蛋，有的带上一包白糖，有的带上一把面条。更多的人，病好后，如黄鹤一去不复返，外婆从不计较，也从不提起。

再有人找来，我就躲在门缝后面偷看。我看见外婆用药棉在患者身上擦拭，从布袋里取出一根长长的银针，先在酒精里泡一泡，而后在火上烧一烧，向患者的鼓包上刺去。我吓得闭上眼睛，捂住嘴。等我睁开眼睛，外婆施术已毕，正在给患者上药。

再长大一点，我才弄明白外婆有个祖传秘方，专治"羊子"。什么是"羊子"？没人给我解释得清楚。上到中学，通过查阅资料，我才知道，所谓的"羊子"其实就是淋巴肿大。那个年代农村普遍很穷，生了病基本没人去医院。很多病痛都是靠土方偏方解决。外婆的秘方就是外婆的外婆传给她的，听说已经传了很多代了。

外婆专治"羊子"。几十年来，治疗无数人，无一不是手到病除。随着年龄的增长，外婆怕秘方失传，跟我提过多次，要把祖传技艺传给我。每次我都断然拒绝。小时候那个浑身鼓包、面如死灰的恐怖画面记忆犹新，不时想起来，还尤有可怖。我本就胆小，要将一根银光闪闪的银针刺入别人的身体，叫我如何下得了手？

外婆也不强迫我，只是此后，每次上山采药都带上我。不管我听不听，她总是耐心细致地教我认草药，采草药，制作药膏。一而再，再而三，认药、采药、制药，所有流程我烂熟于心，可我从不愿亲手操作。外婆治疗时邀我在旁观摩，当助手，我总是百般推脱、逃避。那银晃晃的针让我不由得心生恐惧。

小表姐脖子后面也长了一个"羊子"，天天叫疼，茶饭不思。大姨把她拽到外婆面前，面对闪闪银针，表姐浑身哆嗦，连连后退。外婆不断安慰她："乖，不疼的。来，一小会儿就好。乖乖，真的一点都不疼。"小表姐哪里肯信，挣脱大姨的手，拔腿就跑。小小孩儿哪里是大人的对手，就算跑出天外也会给抓回来。恐惧会使人爆发力超强，小表姐像一头小困兽，大姨一个人摁不住，急呼我去帮忙，我硬着头皮火线支援。我死死抓住小表姐疯狂乱舞的手，依然扭转头不敢看。小表姐大叫："你们俩弄疼我了，放开我。"外婆也示意我和大姨松手。刚刚还鬼哭狼嚎的小表姐竟然不再挣扎，乖乖地配合外婆。治疗完毕，小表姐边抹泪边说："外婆没骗我，真不疼。就像蚂蚁咬了我几下。"

难怪那么多来找外婆治病的人，除了很小的孩子会哭，几乎没有人叫疼。外婆这个祖传秘方让我刮目相看，病人既不痛苦，又能药到病除。从此，再有人找来，我就主动试着去给外婆当助手。亲自参与了几次，才发现，治疗过程并没有想象中那么恐怖。

外婆看我不再排斥，旧话重提。我也不再忤逆外婆，欣然答应继承她的衣钵。外婆见她的祖传技艺后继有人，满脸的皱纹都舒展开了，脸上泛起圣洁的光。

她给我讲了个故事：很多很多年以前，战乱频仍，民不聊生。一游方郎中行走四方，经过我的祖先家门口，贫困交加，晕倒在地。祖先一碗白米稀饭救活了他，又挽留他住了几日。郎中临走用这个秘方报恩。外婆讲完，以空前严肃认真的语气告诫我，必须牢记祖训：一、此技艺只能用来救人，不能当作敛财的工具；二、代代相传，男女皆可。

外婆早已仙去。人们的生活日益富裕起来。国家医疗条件也更加完善，这样的小病痛，各个村卫生室都能治。我虽始终没有机会用到外婆的祖传秘方，却不遗憾。我会牢记外婆的教导，牢记外婆的秘方。纵然秘方不再有用武之地，我也会传授给我的子孙后代，将外婆的秘方和精神一代一代传承下去。

情疏迹远只香留

秋风萧瑟，天气微凉，草木凋零，白露凝霜。黛青色的天幕上，星河高悬，月华如练，清冷的光辉洒下来，夜色朦胧。我披一身月华，隅隅独行在加班晚归的路上，衣衫单薄不胜寒凉。

不期然，我被浓烈的花香拥了个满怀，羁绊了脚步。不用寻找，不用怀疑，我知道，那是桂花在暗夜里怒放。桂花香是我生命里最熟悉，最刻骨铭心的花香，是专属于外婆的香。我的心里一阵欢喜，随即泪如雨下。每到桂花飘香的时节，我就会想起我的外婆。带给我人生第一缕桂花香的，是我亲亲的外婆。桂花香年复一年不期而遇，而我的外婆早已驾鹤仙去。外婆离去那天，也是一个桂花在地上铺了一层小花的萧瑟之夜。

花香依旧，人已遥遥。夜已深，人无迹，秋虫唧唧，花香浓烈，绵绵不绝。我在桂花树下，仰望星空，仿佛看到，吴刚正为外婆捧出桂花酒。外婆伫立桂花树下，慈祥地凝视我，仿佛在提醒我："乖乖，别忘了吃桂花蜜哦。"

我出生于桂花飘香的季节。为了庆祝我的生日，外婆寻来一棵金桂，种在庭院里。在外婆的悉心照料下，我一天天长大，桂花树也越来越茁壮挺拔。葱茏碧绿的叶间，冒出了一簇簇的小黄花儿，香味扑鼻。"叶密千重绿，花开万点黄。"一簇一簇的花儿拥在一起，抱在一起，热烈地开。才米粒儿大小的小花朵儿，却爆发出巨大的能量，香味浓烈，飘逸十里。我欢呼，我雀跃，我张大嘴巴贪婪地吮吸着这香甜。外婆将一粒小花儿放在我的舌尖，我咂咂嘴，立刻唇齿生香。

翠绿的叶儿，金黄的花儿，点染着万物萧索的季节。冷风萧瑟，寒蝉凄切的秋，便带着香带着甜了，便活色生香，灵动起来了。桂花素雅渺小，却浓香远逸，香中带甜，袭人心扉，沁人肺腑。路过的人都不由自主地停下脚步，深深地吸一口，再吸一口，才满意地离去。

外婆在桂花树下铺上两张雪白的床单，轻轻地晃动树枝，金黄花雨簌簌而下。一个个带着金黄色翅膀的小精灵，带着浓郁的甜香，飘落在我头上、身上。我张开双臂，跳起来去迎接它们。我惊喜地大叫："桂花雨！桂花雨！外婆快看，桂花树下桂花雨了！"外婆宠溺地对我笑，继续轻摇树枝。我仰起头，张开嘴，桂花落进我的嘴里，满嘴香甜；桂花落在我的脸上，轻轻的，柔柔的，香香的，像外婆的手抚摸着我。我站在树下，迎接了一头一身的花香，我也"红纱满桂香"了。我顶着满头满身的桂花，到处招摇，惹来村里小朋友羡慕的目光。晚上我被桂花浓郁的芳香拥抱着入睡，整晚都在甜梦里。

外婆将桂花收拢来，洗去浮尘，晾干。一半泡在酒里，一半拌进浓稠的蜂蜜里。每当我馋了，外婆舀一小勺桂花蜜放进我的嘴里，于是我一整天都变得香香甜甜的。这样的香这样的甜，能陪伴我一整年。第二年桂花香飘十里的时候，外婆又会如法炮制。在外婆身边的日子，我天天浸在桂花蜜里，泡在桂花香里。而今，外婆不知何处去，桂花依旧香千里。

外婆的家就在大路边，过往的行人甚众。经常有人在门口歇脚，讨一碗水喝。我依稀记得，有一次一个中年男子路过时，脚步踉跄，脸色惨白，似乎随时可能倒下。他倚在桂花树下，张了张嘴，却嗫嚅着说不出话来。外婆什么也没问，起身进屋。我看见外婆舀了三大勺桂花蜜，兑了满满一大碗温开水。那个人双手颤抖着接过，"咕咚咕咚"一口气喝了个精光。我眼巴巴地看着，情不自禁地咽了咽口水，心里万分委屈。那人眼看着脸色就红润了起来，对外婆千恩万谢。外婆又硬塞给他两个玉米饼，他颇感意外，又对外婆深深鞠了一躬，转身大步离去。

我恨恨地看着他离去的背影，忍不住噘着嘴说："外婆真偏心，只给我一勺蜜吃，却给他三大勺呢。"外婆一愣，随即笑了，她意味深长地说："乖乖，你还小，看不出他的艰难。他再不吃点东西，就快撑不下去了。他那是饿的呀！"幼小的我对外婆的话似懂非懂。

桂花渺小清幽，朴实无华，形貌素雅温顺，性情萧疏，远离尘世，但它的浓香却留存久远。著名词人李清照写词赞美桂花："暗淡轻黄体性柔，情疏迹远只香留。何须浅碧深红色，自是花中第一流。"桂花浅黄而清幽，温顺又娇羞，性情萧疏而远离尘世，它的浓香久久留存，无须用浅绿或大红的色相去招摇炫弄，它本来就是花中的第一流。宋代词人向子諲也称赞桂花："人间尘外，一种寒香蕊。疑是月娥天上醉，戏把黄云接碎。"桂花似仙女下凡，将馨香与美好，带到人间。

天空苍茫辽阔，星河沉沉向西，夜深露重，路边铺上了一层白霜。秋露打湿了我的衣衫，我才猛然惊觉，我已沉醉花香不知归路。桂花香依旧一波又一波地涌来，浓烈，厚重，甜蜜。你们是外婆派来的小精灵吗？不停地扇动着金黄的翅膀，洒下浓重的甜香将我熏醉。

远远地，一个熟悉的人影向我走来，那是继外婆之后，又一个将护我一世周全的人。我带着一身的桂花香迎上去。他轻轻拈下飘落我发间的小精灵，放在鼻翼嗅了嗅，小心地问："桂花开了？又想外婆了吧！"我把手伸进他的臂弯，偷偷拭去眼角的泪。如果天上的外婆看到这一幕，必会放心地饮下那杯桂花酒了吧。

天上一片云

　　我曾经命悬一线，临危之际，却被一个瘫痪三十多年的老人给救了。

　　她叫戴启云，与她同辈的人都戏称她"天上一片云"。也因为，她嗓门大，振臂一呼，几乎全村都能听到她的声音。有的叫她"云喇叭"，或"云广播"。吵她儿子时，嗓门尤其大。而吵儿子，是她每天必上演的戏码。她的独特的嗓音每天依时响彻村落，比闹钟还准时。她如狮吼般的咆哮，在宁静的乡村，尤其尖厉刺耳。每当此时，就有人说："天上一片云"又开始广播了，"云喇叭"又在吵她儿子了。说者摇头，听者苦笑。如果哪天没听到"云广播"播音，说明她死了，有人如此戏谑。

　　我们是本家，按辈分，我叫她云伯母，叫她儿子忠哥。

　　云伯母是外乡人，奔着爱情，嫁到我们村。她曾经也是幸福的，男人爱她宠她，儿子壮实可爱。一家三口在一起，只想把凡俗的小日子安稳地过下去。

　　然天有不测风云。云伯母三十岁那年，伯父意外去世。云伯母一个人拉扯着才五岁的儿子，艰难度日。云伯母四十出头时，一场大病，从此瘫痪不起。忠哥不得不辍学回家，担负起家庭重担。生活本就艰难，云伯

013

母一瘫，更是雪上加霜，常常穷得揭不开锅。忠哥小小年纪，什么都不会。云伯母半卧在门前的箩筐里，一边骂一边教。忠哥抹着眼泪，现学现做。

一晃，忠哥已成人，该娶媳妇了。他那样的穷家，哪有姑娘愿意往火坑里跳？也说过几门亲，姑娘站在苹果树下，一言不发。整个家一览无余：两间土坯房子，墙已裂开数张大嘴，蛛网密布；两张木床早已散架，用铁丝缠着木棒勉强支撑；蚊帐油黑发亮，破洞一个比一个大，基本形同虚设；黢黑空荡的家，连吃饭的桌子也无一张。还有一个神情古怪的瘫子，吃喝拉撒全要人伺候。比一贫如洗，还窘迫十倍的家，能算一个家吗？来的几拨人全程黑脸，连门都没进，走了。就这样，忠哥的婚事一拖再拖，再无下文。

我出生那年，云伯母七十岁，忠哥四十多岁了。母子俩相依为命，始终家徒四壁。

云伯母家与我家，面对面隔河相望。站在院坝看对方，如在眼前。但要进入对方的家，得下一道山坡，蹚过一条河，走过两垄田坎，再爬上一个山坡，方能得其家门而入。

那年夏天，我八个多月。妈妈和外婆去种菜，走前，妈妈将我放在院里凉席上，嘱咐哥哥照看。夏季天气炎热，蚂蚁排着队从我身边路过。我哥好奇心起，用火柴去烧蚂蚁。一股风来，引燃旁边的稻草，火光"腾"一下就蹿起来了。哥哥吓蒙了，跳脚大哭。哭声惊动了对面的云伯母，云伯母看见从我家冒出的火光，扯开喉咙大喊："波儿家里着火了！快来人！快救火啊！"附近山坡上干活的人们，扔下农具，往我家跑。大家齐心合力，很快扑灭了大火。所幸，因扑救及时，凉席烧掉一角，我除了被呛了点烟，毫发未伤。

此后，外婆老是念叨，"天上一片云"救了你的命！你的命是"云喇叭"救的！也许是因为她救过我的命，我对云伯母有一种天然的亲切感，却从不敢靠近她和她的房子。几乎全村的孩子们都本能地怕她。长年瘫痪，她变得神情怪异，声音古怪难听，喉咙里像塞满了缝衣针，而缝衣针早已锈迹斑斑。她终年半卧在家门口的竹筐里，嘴里不清不楚地念叨着什么。干瘪无牙的嘴朝一边咧着，无比诡异。一张脸苍白如纸，两只干涸的眼窝深陷。手指甲弯曲尖利，淤塞着多年的黑泥，像老巫婆带钩的爪子。

小伙伴们私下里都叫她"老巫婆"，经过她的屋前，都远远地绕路而行。但是，一到夏季，村里的孩子们却想方设法往云伯母的屋前凑。吸引我们的，是她家门口那棵苹果树。全村就她家有一棵苹果树。听说是云伯母出嫁那天，家里实在拿不出陪嫁，她顺手拔了一棵苹果苗。

谁知水果也是择地而生，我家乡的土地、环境、气候均不适宜苹果树生长。苹果苗虽然顽强地活了下来，但一直不见开花结果。在云伯母瘫痪那年，苹果树终于开枝散叶。全村人，没几个见过真正的苹果，更别说吃苹果了。云伯母的苹果树已长成一把巨伞，红彤彤的苹果，像小孩的笑脸，使人垂涎欲滴，大人小孩都觊觎着能吃上一口。

云伯母每天坐在苹果树下，任何人一靠近苹果树，那深邃如黑洞的眼里，像藏着无数把刀，随时会飞出来伤人。加上她独特的狮吼功，直吓得小孩们屁滚尿流。

我没跑，怔怔地站着，看着。她伸出黑爪子向我招手，微笑着叫我过去。那笑比哭还难看，我不敢靠近她，也不甘心就此离开。苹果的诱惑让我忘了恐惧，我就那么站在树下。累累果实压弯了枝头，苹果不时调皮地蹭蹭我的头，施展独特的魅力，勾引我的味蕾。我只需轻轻一抬手，就能摘下一个。

云伯母很失望，笑容消失，空洞的眼里似乎有光在闪。她幽幽地说，这些苹果我都舍不得吃一口，我要用它们给我换药换盐巴换煤油；我好久没打牙祭了，都忘记猪肉的味道了……

她不停地念叨，含混不清的话，我听不太懂，但她那忧伤的神情，刺激了我。我犹豫着，预备离开。她突然抬起头，目光箭一样射向我，像下了很大决心似的说，你快摘一个，走吧。

云伯母的话又拉住了我的脚步，我心里七上八下，斗争得厉害。

摘一个，藏起来，快走，不要让别人看见。她压低嗓门低吼。那目光，那语气，咄咄逼人，让人不寒而栗。我胡乱拽下一个，拔腿就跑。

苹果小如杏儿，半红半青。我献宝似的拿给外婆，说是云伯母送我的。外婆不吃，给妈妈，妈妈也摇头。我一口下去，有点干，却也是酸酸甜甜的。原来这就是苹果的味道。多年过去，吃过各种苹果，我依然记得那只小苹果的滋味，永生难忘。

我七岁那年冬天，云伯母走了。一整天，村民们都没听到云伯母播音。有人嘀咕，"天上一片云"怎么了？"云喇叭"睡着了？"云广播"该不会死了吧？大家都觉得反常，但谁都没想到要去一探究竟。天黑了，忠哥忙完活计回家，才发现，不知什么时候，云伯母已经去了，身体早已冰凉僵硬。

村里人都赶去忠哥家，帮忙埋葬云伯母。大人们一声叹息，"天上一片云"终于脱离苦海了。

我曾经做过一个梦，梦到云伯母在天上，过得很幸福。她新家门前，依然有一棵苹果树。苹果树上挂满了又红又大的苹果，像挂满了节日喜庆的红灯笼。云伯母的脸也如红苹果般红润健康，笑意盈盈。

不应有恨

　　小时候在乡下，每到农闲时节——寒冬腊月，我母亲必去一个遥远的远方，接一个耄耋老人来家，精心伺候一个月。那一个月里，妈妈诸事不理，专注陪伴她。每天给她做好吃的，陪她聊天，一起做手工——织毛衣、缝鞋垫、绣枕头套。甚至，晚上睡觉，怀里焐着的，不再是我，而是她冰凉的双脚。

　　她就是我的姑祖。那个时候，我四五岁，姑祖八十四五岁。

　　姑祖一来，山野里疯惯的我，如困兽。

　　"妈妈，我想陪你下地干活。"我央求妈妈，"我好久没捏过泥团了。"我格外委屈。

　　"妈妈要给姑祖做好吃的。"妈妈专注地包饺子，头也不抬。

　　"明天呢，明天我们一起上山捡蘑菇吧。"

　　妈妈笑了："傻孩子，这个季节哪来的蘑菇。"

　　我没辙了，冥思苦想之后，嗫嚅着："种菜，我们去种菜总可以吧。嗯，去砍柴也行。"

　　"不行！妈妈要陪姑祖呢。"妈妈拒绝，斩钉截铁，不容置疑。

"姑祖怎么还不走啊?"我快哭出来了,"她没有自己的家吗?她再也不走了吗?"

妈妈一愣,摸摸我的脸,"傻孩子!你还小,妈妈陪你的日子长着呢。老人年纪大了,陪一天,少一天。"

妈妈的话,我似懂非懂。我固执地认为,妈妈不再爱我了,是姑祖抢走了我的妈妈。

那时的我,是孤独的,没有同年玩伴。村里的小孩不是比我大,便是比我小。

过年前的村庄,寂静,冷冽。春生夏长,秋收冬藏。忙了一年,趁着难得的农闲,家家户户窝在家里,编竹筐、纳鞋底、补衣服、打孩子。

万物萧条,唯蜡梅飘香。太阳躲在懒云后面,偷看人间悲欢。风吹在脸上,有些刺痛。田野上,看不见一个农人和撒欢的孩子。我绕着村庄转了一圈又一圈,除了觅食的鸡,沉默的牛,懒散闲逛的狗,实在找不到可玩的,只好怏怏地回转。

火塘里,老树疙瘩燃烧熊熊,如一蓬火红的大丽花。外婆围炉打盹,妈妈缝鞋垫,姑祖绣枕套。两人有一搭没一搭地闲聊,姑祖不时指导一下妈妈的针法,妈妈不时拉拉姑祖膝上的毛毯。

我在她们面前晃来晃去,妈妈当我是空气。

大黄猫骄慵地卧在妈妈脚边,"呼噜,呼噜",像在嘲笑我的无助。我满腔悲愤,一脚踹向大黄猫。大黄猫从美梦中惊醒,"喵呜,喵呜"惨叫逃窜。

妈妈看我一眼,意味深长。我气呼呼地偎在外婆身边,怔怔地看着她们。姑祖坐在铺了厚棉被的藤椅里,鹤发童颜,一双眼睛,饱满黑亮,喜盈盈地笑谈着。伴她身侧的妈妈,三十出头,端庄、娴静,如莲花圣洁,似月亮冰清。

姑祖看不见我眼里的怒火,妈妈看不见我的悲伤。我感觉自己被全世界抛弃了。

突然，我发现了一个秘密——姑祖的秘密——她的右手小指，扭曲如枯藤，丑陋可怖。我头皮发麻，心里像滚过闷雷。

"姑祖，你的手指……好奇怪哦！"我脱口而出。

姑祖瑟缩一下，仿佛受到极大的惊吓，手里的枕套都掉了。她慌忙拉拉袖子，掩藏右手，盈盈笑颜，倏忽不见。火光映红她的满头银丝，仿佛每一根发丝里都写满了忧伤。

"出去玩去，别在这里添乱。"妈妈狠狠地瞪我一眼，大声呵斥着。

我哇地大哭起来。

妈妈放下手里的活儿，柔声细语地安抚姑祖。又马不停蹄地去给姑祖煮荷包蛋压惊。

没天理啊，需要安慰的是我，不是她。

我挣脱外婆的怀抱，哭着出了门。冷风一吹，悲伤瞬间被风吹散，好奇心盈满我的小心脏。我强烈想弄清楚那手指背后的故事。何况，那白白胖胖的荷包蛋也是极大的诱惑。

我如小猫，悄无声息地踅回屋。

外婆和妈妈都去厨房忙碌。姑祖已恢复常态，她望着我，慈祥地笑。姑祖皮肤虽然白皙，脸上却皱纹密布，像一只风干的大白梨。她突然如霜打梅花落般深深叹息，若非人生无常，我的曾孙子都有你这般大了。她的话，我听不懂，我定定地看着她。她虽微笑着，我却看到在她的眼睛里，闪耀着粼粼的光，悲伤逆流成河。

她像突然惊觉自己的失态，快速从怀里掏出洁白的手帕，印印眼角。低下头去，一针一线地绣那朵梅花——我曾亲眼看见，是她用圆珠笔画上去的梅花。她坐在一片如血的红光里，安静娴雅。我不敢说话，也不敢乱动。时光静极了，门前的蜡梅花开了，暗香浮动。

晚上躺在外婆怀里，我把姑祖奇怪的话语，和自己的困惑，告诉外婆。外婆叹息，你这个姑祖啊，是个可怜的人哪。

姑祖出身于大地主家庭，从小到大，伺候她的丫鬟、老妈子成群。

有私塾先生教她四书五经，有老婆子专教她女红、女工，有社会名媛教她着装打扮。十四五岁，考上县级中学，上下学都有轿子接送。

就是在县城上学期间，她遇到了自己的白马王子。两人一见钟情，很快谈婚论嫁。他家也是富甲一方的大地主，两人门当户对，双方父母均中意。一俟他师范毕业，两人举行了盛大的婚礼。

嫁入夫家，噩梦开始。

同是农村大地主家庭，在娘家，她十指不沾阳春水，除了女红女工、吟诗作画、读书看报，连手绢都不曾亲自洗过。

因为不会干活，公公没有好脸色，婆婆没有好声气。相比之下，大嫂五大三粗，是干活的一把好手，深得公婆青睐。大嫂仗势欺人，常明里暗里整她。

公公的冷漠、婆婆的刁难、大嫂的欺凌、沉重的家务活，为了深爱的丈夫，她选择逆来顺受。丈夫在县城教书，十天半月回家一次。她强颜欢笑，自己的苦只能往肚里咽。

一次，她笨手笨脚地洗碗时，摔坏一个碟子。婆婆和大嫂，轮番谩骂。她忍不住回了一句，一个碟子而已，我赔就是了。这下还了得，小小弱女子，竟敢太岁头上动土。两悍妇联合将她按在砧板上，用菜刀背，硬生生砸烂了她的小手指。临了，威胁她，不许吱声，不许医治，否则弄死她。

连怀孕也得不停地干活，做饭洗衣、喂猪赶羊，总有做不完的活儿在等着她。稍有不慎，就是一顿拳脚。羸弱的身子，非人的折磨，孩子小产。大嫂假惺惺地给她灌下一碗中药，说是能快速恢复身体。

此后，她再也没有怀孕。婆婆指桑骂槐，骂她是不下蛋的母鸡，大嫂常看着她，阴恻恻地笑。丈夫每次回家，公公婆婆轮番上阵，逼他休了这个百无一用的媳妇。丈夫是爱她的，偷偷带她去县城医院检查。大夫告诉她，怀疑她被人灌过水银，以致不孕。

她不寒而栗，终于醒悟，自己是生活在狼窝里。再耗下去，父母收到的，将是一堆白骨。不孝有三，无后为大。她以此为借口，主动提出离婚。丈夫虽深爱着她，却拗不过，传统的旧家庭。丈夫含泪同意离婚，很快在父母的威逼下，另娶娇妻。

彼时，她才二十多岁，容貌姣好，知书识礼，完全可以再嫁个好人家。上门提亲的人跑断腿说秃嘴，她却不。她说，今生今世，再婚，毋宁死。

小女儿的遭遇，父母如鲠在喉，很快双双郁郁而终。她跟着哥哥嫂嫂过日子，承包了一家大小的缝缝补补和教孩子们读书识字。哥嫂去世后，侄儿赡养着她。

外婆讲的故事，我半懂不懂，却对姑祖产生了不一样的情愫。我深深牢记外婆的话，姑祖是个可怜人，我们要善待她。我答应外婆，不再跟她抢妈妈。我无敌乖巧地偎在她们身边，跟大黄猫一起，烤火、打盹、玩毛线。我千方百计想再看一眼姑祖那扭曲的小指，但姑祖藏得很深，我再也没见过。

我常偷听姑祖念叨："曾经沧海难为水，除却巫山不是云。……不应有恨，何事长向别时圆？人有悲欢离合，月有阴晴圆缺，此事古难全。但愿人长久，千里共婵娟。……日日思君不见君，共饮长江水。……"我听不懂那些话，却听出满腔凄凉。

我正式上小学后，姑祖再也没来过我家。妈妈说起姑祖，数度落泪。姑祖平地摔跤，股骨骨折，躺在床上，半年后走完了多舛的一生。

每到蜡梅傲雪的季节，我的眼前常浮现一个画面：姑祖坐在藤椅里，坐在一圈红灿灿的火光里，低着头，一针一线地绣着花儿。嘴里吟着"不应有恨"。她的脸如长了褶皱的雪梨，白发映在红光里，格外分明。看过去，像一尊雕像，坐成永恒。她的周围，有暗香浮动。

好事做了好事在

"好事做了好事在"这是外婆常常挂在嘴边的口头禅。小时候我懵懵懂懂，不知其意。

外婆家靠路边，门前有一条大路，大路外面一条蜿蜒向西的小河，河水潺潺，终年不息。大路是通往乡镇、县城的必经之路。那个年头，人们都是用脚步丈量行程，还没见过客车。每天从家门口经过的人如过江之鲫。外公开了一间小饭庄，供过往的行人歇脚、过午（吃午饭）。

外婆总是早早起床，烧好满满一大锅开水。匆忙赶路的人难免口渴，要讨水喝的。但多数人直奔水缸，说：都是农村人，喝井水解渴。外婆总是劝那些行人，喝热水吧，赶了远路喝凉水容易生病。

路边常有发急病的人，多是又累又饿而晕倒的；也有感冒发痧的，时间久了，外婆练就一手绝活——急救。只要看到晕倒的人，外婆首先就是掐人中、捏虎口、刮痧，然后喂一碗糖开水，病人的精神就活了，站起来继续赶路。

外婆四十五岁那年，外公因病逝世，外婆关掉了饭庄。接踵而来的是三年自然灾害，常见有人走着走着就倒地而亡，是饿死的。那时大姨、二姨都已出嫁，外婆一个人拉扯才十岁的妈妈，饥寒交迫，食不果腹。那些从门前路过有困难的，她依然会伸出援手。她说，我无钱无粮，水还是管饱的。

有时公粮运输车辆路过，撒下零星米粒。外婆带着妈妈，一粒一粒地捡。从天亮捡到天黑，才有一小半碗。外婆加些野菜，熬成一锅粥。有饿得走不动的，她也给盛一碗。很多人不理解，说：你自己都揭不开锅了，你管得了多少？外婆笑笑：独食不肥，众食有味。能帮一个算一个呗，好事做了好事在。

门前的小河经常涨大水，洪水穿屋而过，冲走了粮食和家禽，人总能安然无恙。有一年夏天暴发洪灾，冲下来一具尸体，在屋外转角处搁了浅。是我妈妈先发现的，她害怕极了，躲进里屋瑟瑟发抖。外婆找来一根长竹竿，战战兢兢地将尸体捞了起来，发现是一个七八岁的小孩，脸如死灰，嘴唇乌紫。一摸胸膛，竟还是热的。外婆将小孩扛到肩膀上，不停地跑，使劲地跳，小孩哇哇吐出来好多水。外婆又掐人中又拍打，孩子终于哭了出来，外婆松了一口气。然后用棉被裹着他，焐在怀里，良久，小孩的脸色才由青转红。两天后，小孩的家人才找来。他们沿河搜寻了几十公里，都以为小孩必死无疑。小孩家人三拜九叩，感恩戴德。外婆云淡风轻，一笑置之。

这些故事都是我妈妈讲给我们听的，外婆从未提过。外婆总说，都是些过去的小事有什么好讲的。好事做了好事在。

在我妈妈辍学回家务农时，外婆又送她去学护理，学成后免费为村民发驱虫药，打针，输液。每天放工后，妈妈奔波在各个山头，各户人家，为村民服务。附近几个村庄都留下了妈妈的足迹。在我稍稍懂事后，妈妈就带上我，出诊路上给她做伴。有些路段荒山野岭，阴森恐怖，让人不寒而栗。

我每次离家上学，外婆总是叮嘱我：好好学习，多做好事。好事做了好事在。

那时农村普遍穷，很容易生"羊子"（淋巴结肿大），外婆用自己的祖传秘方治好了无数人，却分文不取。就算家里穷到揭不开锅了，她依然坚持自己的底线——救人不图回报。

随着年龄的增长，我慢慢明白了外婆那句口头禅的意思，也学着外婆，为别人做些力所能及的事。

外婆八十岁生日那天，宾朋满座。一个古稀老头进门讨水喝，外婆觉得似曾相识，热情地请他入席吃饭。那人看见外婆，如见鬼魅，后退两步，瞪大眼睛张大嘴，最后憋出一句：你，你，你怎么还没死？

这是什么话？我们气愤填膺。外婆示意我们，稍安勿躁。她将老人扶上座位，笑着说：阎王爷太忙了，把我给忘了吧。

原来，这个人是走南闯北的算命先生。曾在外婆三十岁的时候给外婆算命，说她活不过四十岁。外婆哪里肯信，又找了几个高人算，结果如出一辙——外婆命中注定只有四十年的寿命。外婆认命了，唯一不甘心的是，女儿还小。活一天就好好过一天吧，外婆这样想着。日子一如既往地流逝，外婆平安度过四十，五十，六十，七十，直到今天八十岁生日。

算命先生从小继承父亲衣钵，绝不承认自己学艺不精。他仔细端详外婆，有些了然地说："我看您越来越有菩萨相了。这几十年，您没少做好事吧？"

外婆但笑不语。

"难怪！难怪！佩服！佩服！"算命先生连连赞许。

外婆说："这有什么。谁还没做几件好事啊！好事做了好事在。"

外婆不但自己日行一善，还不断教育我们，要心存善念，多做好事。

成年后我无意中读到一本书《了凡四训》，作者袁了凡命中注定只有五十三年寿命，且一生无子嗣。后遇见云谷禅师，云谷禅师对他说：命数是可以改变的，就看你能不能做到。袁了凡从此积极行善积德，结果儿孙满堂，以高寿无疾而终。袁了凡留下这本著作以启迪世人。《了凡四训》说："命自我立，福自己求，人要通过自我修行创造良好的生活。而不是习惯于听天由命，习惯于向外求神求佛。"《六祖坛经》也说："圣人求心不求佛。每个人的命运，其实都是自己造作而成，每个人发的福报，也是自己努力追求而得。"

外婆不识字，当然没有读过《了凡四训》和《六主坛经》。我也没见她求神拜佛，烧香磕头。外婆出于本能的善良，无意之中改变了自己的命运。

"好事做了好事在。"外婆这句口头禅简单朴实，没有深刻的哲理，却是外婆一生都在践行的真理。外婆的口头禅成了我们家的家训，她要求她的子孙们也要多做好事，行善积德。

桃红又是一年春

上班路上，偶遇一中年大姐。抱着满怀碧浅深红，沿街叫卖。桃花映红脸颊，染香衣袖。朴实的村妇，和桃花一齐明媚。

桃红又是一年春，四季变幻如此分明。我却被纷烦琐事缠绕，懵然不知，桃花已开，春天悄然而至。

记得城郊有一片桃花山，此时应是漫山遍野红遍。我想放开俗世纷扰，去看那千树万树桃花齐怒放的盛况。想法一经产生，便势不可当。眼前妖娆的桃花仿佛伸出无数双手，搅乱了我的心绪。我不管不顾地跨上驶往江东方向的公交车，车行快速，带着躯体与灵魂，向着桃花山，一路狂奔。

汽车穿过街市，奔向原野。我打开车窗，疾风掠过脸颊，思绪飞越青山翠谷，绿野平畴。窗外，天广地阔，云淡风清。远山近树，一闪而过。公路两侧绿树林立，大片大片碧油油的麦田、金灿灿的油菜花，绿色如海，金黄似浪，匀净碧澄，引人神往。也有粉红、蛋黄、浅紫、雪白的野花，点缀其间。黛瓦白墙的农舍，清爽整洁，安谧静幽，隐在姹紫嫣红之间，遗世而独立。

桃花山上万株桃花已迫不及待地盛放，深红、浅红，如海如潮，如诗如画，如火如荼，像仙女撒下满山坡的胭脂水粉。游人在花下嬉戏，变换着各种姿态留影；蜜蜂嗡嗡忙碌；蝴蝶上下翻飞；鸟儿在枝头歌唱。阳光明媚，花团锦簇，岁月静好，我烦躁的心立刻被融化。工作的压力、人事的纷繁、生活的琐碎，如云烟消散。

我轻盈地穿梭在桃树间，心旷神怡，神清气爽。枝头上，一丛丛，一簇簇桃花努力地绽放灿烂的笑容，熏人欲醉。有的好似情窦初开的少女，一群一群地聚集在一起，巧笑倩兮，眉目传情；那些含苞待放的花蕾，似怀春少女，半藏半露，羞涩地笑；小小的花骨朵儿，像顽皮的小孩儿，努着小嘴儿撒娇。微风轻拂，桃花荡漾，向人们展示着袅娜多姿的曼妙舞姿，把醉人的芬芳带给人们。

桃花无意苦争春，却是春的使者。桃花展颜，百花才次第盛开。桃花不但美丽，还是美好吉祥的象征。《诗经·周南·桃夭》有云："桃之夭夭，灼灼其华，之子于归，宜其室家。"桃花灼灼开放，美丽的姑娘嫁过门啊，定使家庭和顺美满，融洽欢喜，夫妻俩相敬如宾，白头偕老。

最喜欢明代画家、文学家、诗人唐寅创作的一首七言古诗《桃花庵歌》："桃花坞里桃花庵，桃花庵下桃花仙。桃花仙人种桃树，又摘桃花换酒钱。酒醒只来花下坐，酒醉还来花下眠。半醉半醒日复日，花落花开年复年。但愿老死花酒间，不愿鞠躬车马前。车尘马足富者趣，酒盏花枝贫者缘。若将富贵比贫贱，一在平地一在天。若将花酒比车马，他得驱驰我得闲。世人笑我太疯癫，我笑他人看不穿。不见五陵豪杰墓，无酒无花锄作田。"桃花坞那未被俗世沾染的人间仙境，我心向往之。我不想走了，索性就在这桃花山上，做一个幸福的种桃人，耕田而食，凿井而饮，日出而作，日入而息。

太阳从山那边隐去，游人散尽，倦鸟已归巢。青山静谧，桃花依旧笑春风。远处的农舍飘起了袅袅炊烟，农人牵着老牛，荷锄而归。偌大的桃园，唯我流连不去。

暮色四起，手机铃声一阵紧似一阵。我不得不再乘夕暮车，返红尘。

活成一道光

寒冷的冬季，太阳是难得一见的稀客。安静的午间，我捧一杯热咖啡，坐在窗前读书，聪和小儿在旁边玩乐高。阳光通过窗玻璃洒在书上，洒在我的身上，温暖、舒适、熨帖，像母亲温柔的手轻轻抚摸着我。时光微凉，清风依旧，零碎的落叶在风里轻轻舞动，咖啡的香味弥漫了整个屋子。

阳光暖暖，岁月静好。

手机遽然铃声大作，破坏了宁静美好的温馨时光。

"终于找到你们了！"充满惊喜的男声，说些莫名其妙的话，什么感谢救命之恩，要上门重谢，等等。

诈骗电话！我果断挂掉电话。

对方又打来，我没好气地摁掉；再打，再摁，如是再三。骗子像牛皮糖，黏上了我。不达目的决不罢休的精神可嘉，又实在可恶。

电话锲而不舍地响，我无奈关机。

"你别急，听他说完嘛，看他耍什么花枪！"聪抢过电话。

聪听了几句，脸色突变。看了我一眼，对着手机，斩钉截铁地说：

"你不要来……真的不要来……不用谢。不必再提了。是我应该做的……"

一问一答，严丝合缝。哪是诈骗电话，分明是朋友之间的亲切交谈嘛。

此事必有蹊跷。莫非他们之间有"见不得人的交易"？

在我的"严词逼供"下，他终于从实招来。

聪带小儿去乡下摘橙子，救了一个失足掉进池塘的老人。事发突然，他来不及思考，快速飞奔，跳进水里。老人获救。他全身湿透，苹果手机也报废了。

我记得那次，他狼狈不堪地回来，我骂他败家。他嬉皮笑脸地说："我爱国，早想换国产机了。旧的不坏你不许换啊。"只字没提救人的事。

落水的是留守老人，老伴去世，儿女在外打工。儿子回乡过年，老人要求他寻找救命恩人，登门感谢。橙园主人留意了我家车牌号，通过车牌号查到电话，这才有了开头的莫名来电。

事后，聪告诫小儿，救老奶奶的事不要告诉别人，包括妈妈。孩子似懂非懂，仍言听计从，守口如瓶。

都说家长是孩子的一面镜子，有这样见义勇为的父亲，我也放心让小儿平时跟着他。

有一年过年，父子俩去乡下朋友家杀年猪。半夜才回来，我接过睡得迷糊的小儿。小儿说："妈妈，我也是小英雄了。"说完，带着甜甜的笑，继续追周公去了。

我以为他说梦话呢，也没在意。

聪告诉我，晚饭后，大人们聚在堂屋烤火闲聊。小儿在院子里玩手电。手电光柱像顽皮的猴子上蹿下跳，忽而跳上房顶，忽而蹿上树梢。他玩得不亦乐乎。突然"扑通"一声响，他循声照去。远处水田里，有人正拼命挣扎，溅起一片水花。小儿大声呼喊："爸爸，有人落水了！快救人！"

天黑路滑，隔壁七十多岁的老大爷滑进冰凉的水田里。老人猝不及防，又惊又吓又冷，无力呼救。还好小儿及时发现，叫人救起老人，不然老人生命堪忧。那么冷的天，就算不被淹死，也会被冻死。

村民们向小儿竖起大拇指，夸他机智勇敢，胆大心细。老人的家人塞红包给小儿，小儿坚决不收。他学着聪的语气，一脸严肃地说："不必谢，这是我应该做的。"潇洒地挥挥手，不带走一片云彩。

聪绘声绘色地讲述，笑得我眼泪都出来了。

高尔基曾说：爱不是简单的给予、庇护。孩子从幼年开始，就应该被教导规则、底线、是非善恶。教导孩子，是父母责无旁贷的责任。最好的教育方式，是言传身教。孩子最擅长最本能的学习方式就是模仿，尤其是模仿父母的语言、行为。父母应该把自己活成一道光，照亮孩子成长的路。

向上的姿态

毕业二十年后的高中同学聚会上，一个气质高贵、优雅的美女一把抱住我，让我猜猜她是谁。我想破脑袋都没有想起来，尴尬得无以复加。她嗔怪着轻轻地搒我一拳："真是贵人多忘事啊，我是你高中同桌，叶子啊！"

叶子！眼前这个人竟然是叶子！这是屌丝逆袭啊？还是脱胎换骨啊？

高二上期班上来了一位转校生，姓欧名洋。其貌堪比曾风靡大陆的韩剧《太阳的后裔》里面的宋仲基，英俊潇洒，才华横溢，一举手一投足都透着英气，连背影都是俊朗潇洒的，一腔纯正的普通话。说起话来字正腔圆，豪迈诙谐。更可怕的是，欧洋一来，年级第一就被他垄断。原本的第一被他拉大差距，足足相差五六十分。这还是人吗，简直就是神啊。

我的同桌叶子是个典型的学渣，自嘲自己是属"猪"的。上任何课都是一本小说看到下课，只求混张高中毕业证好去沿海城市打工。可自从欧洋来了，她的态度来了个一百八十度的大转变。

她的小说躺在桌肚里睡大觉。她的眼睛目不转睛地看着欧洋的后脑勺——欧洋坐我们前排。

一天，她趴在我耳边神秘兮兮地向我宣布：我无可救药地爱上他了！

咻，没睡醒吧！你？

我知道衣着平平，长相平平，成绩平平的叶子，是不入欧洋法眼的。他的身边可不乏姹紫嫣红。而且，欧洋可是学神啊，你是学渣中的学渣，得自我掂量掂量。

可是，叶子不管不顾地爱着欧洋。每天在我耳边叨叨：欧洋今天对我笑了、今天在操场碰到欧洋了、下午我去看欧洋踢足球了……我不胜其烦。这花痴病，快发展成晚期了。

叶子央求我帮她给欧洋写情书，我严词拒绝：欧洋身边美女如云，你有什么优势？你凭什么打动他？你是美女还是才女？你是官二代还是富二代？你要想成功引起他的注意，除非你每次月考全班第一。

说完，丢下一脸花痴的叶子，扬长而去。我以为我尖酸刻薄，不留情面的一番话如醍醐灌顶，叶子会幡然醒悟。

但她依然故我，看到欧洋就无法自控。想尽一切办法，以引起他的注意，课上苦心孤诣地提一些问题。那些弱智问题往往引起哄堂大笑。同学们纷纷施以白眼，一些调皮的男同学公然调侃叶子智商余额不足。可是叶子勇敢热烈，眼里心里只有欧洋。

课后，她总是有意无意地向欧洋请教问题。面对叶子，欧洋似乎并不反感，总是耐心细致地讲解又讲解，那迷死人不偿命的笑容让叶子更加五迷三道，神魂颠倒。

欧洋问：听懂了吗？——叶子，明白了吗？——叶子。

我用手肘拐拐叶子。

啊——哦——明白了——

神游太空的叶子，如梦方醒，梦呓般喃喃。同学们哄堂大笑，间杂一两声尖厉的嘘声。

慢慢地，我发现叶子有了一些改变。她丢掉所有的小说，开始认真听课、做笔记，眼神热切专注，像朝圣的信徒，虔诚得令人心疼。有时我半夜醒来，探头看下铺的叶子，哪里有她的踪影，不用找，她一定又在路灯下苦读。

月考，叶子竟然破天荒地考了个倒数十名。要知道，叶子长期稳居"第一名"——倒数。面对班主任脸上挂着怀疑的、巨大的问号，叶子不以为意，不解释不分辨。

她对我说：我要好好学习，只要欧洋的目光愿意在我身上多停留，哪怕一秒，足矣！

又一次月考，倒数二十名。看来叶子真的开始认真对待学习了。

再一次月考，叶子进入前三十名。我好奇地问她：怎么突然小宇宙爆发了？她说：为了欧洋，我拼了。坚毅的神色如披甲上阵的勇士。

我向她请教飞速进步的绝招。她说：哪有什么绝招，只是笨人用笨方法。叶子将书本从头到尾，连目录页数都背下来了。

叶子瞒着我给欧洋写了一封信。第一节晚自习下课后，欧洋和叶子一前一后出了教室。有好事的同学假装上厕所回来报告说，看见他们往操场林荫道去了。半节课的时间后叶子才回来，手里拿着一本精美的笔记本，一张脸出奇平静，看不出悲喜。任我怎么逼问，就是什么都不说，我只好收起这颗偶尔八卦的心。

晚上，熄灯铃响，叶子轻轻钻进我的被窝。

欧洋说她其实很聪明，不应该自暴自弃，应该把全部心思放在学习上，考个好大学。欧洋还特意为她私人定制了一套学习计划，希望叶子不要辜负了大好的青春。

从此，叶子像变了一个人，教室—宿舍两点一线，焚膏继晷。

月考，班上五十六个同学，一下子飞跃至前二十名。

又一次月考，叶子位居前十。

再一次月考，叶子位居前五。

叶子基础差，她用最原始的笨方法，将一本本书包括每道题都背得滚瓜烂熟。晚睡早起，走路吃饭睡里梦里，都在背书，一路高歌猛进，所向披靡。

欧洋今天一本参考书，明天一本笔记本，有时甚至是一份热气腾腾的早餐。叶子欣然接受，全然不顾同学们，尤其是女同学羡慕嫉妒恨的目光。可是根据我的观察，他们之间的关系似乎纯如天然，堪比亲兄妹。

半年后，欧洋出国读书。欢送晚会上，叶子哭得一塌糊涂。欧洋当着全班同学的面给了她一个长长的拥抱。

欧洋走后，叶子变得沉默寡言，学习更加刻苦。欧洋不时写信鼓励她，给她寄一些国内买不到的小礼品。

叶子以优异的成绩考上了一所重点大学的历史系，我们在各自上学的城市里奔忙，渐渐减少了联系。毕业工作后更是断了音信。

叶子后来又考上硕士，博士，如今已是一所大学里的历史系教授。10 年后，她携夫挈子回乡，避开她的家人，我们坐在了一家雅致的咖啡馆里。

叶子淡淡地述说着，语气轻柔，神态平静，好似在诉说一个关于别人的故事。

得知叶子考上大学后，欧洋给叶子的信越来越稀疏，直至再无只言片语。后来叶子的信被贴上"查无此人"的标签，陆续退回。欧洋好像人间蒸发，不知去哪儿了。

叶子说，当年欧洋在小树林里送给她一本笔记本，扉页上写着：

你知道吗，一棵树上会有千千万万片叶子，它们的颜色也许相同，形状也许相近，正如人间数不清的过客，一生匆忙重复的宿命。但，你要明白，即使是共枝同生的叶子，每一片的脉络都是独一无二的，蜿蜒着活出自己的姿态。正是这样的参差，才是活着的意义。叶子，你要活着，又不仅仅只是活着，要活出自己独特的姿态。

正是这段话激励着叶子，靠着欧洋一封又一封鼓劲的信和小礼物，熬过每个苦读的深夜。

叶子微微向后靠了靠，轻轻抿了一口咖啡，微笑着看着我，眼神清澈明亮，依旧不染尘埃。

欧洋爱过你吗？我问。

不知道，从始至终，除了鼓励我好好学习，要考大学之外，从未说过其他的。考上大学后，我疯狂地满世界寻找。大学里慢活族生活让我慢慢冷静下来，仔细思考这一路所经历的点点滴滴，将欧洋写在笔记本上的那句话反复琢磨、思考，我明白了欧洋的一番苦心。放弃了等待和寻找。我相信优秀如他，早就有了自己心仪的女孩。只是善良的他不忍心伤害我而已。既然没有希望，不如化失望为力量，好好学习，好好生活，也许这也是他对我最大的期望吧。

叶子淡淡地说。

我曾经以为，自己的奋发是因为心中有爱情的力量。这一路走来，却常常会想起，那无数个漫漫长夜里明亮的街灯，以及那个街灯下苦读的我。

我不禁感慨：是啊，每一个生命如同每一片叶子，都应该活成向上的姿态！

梧桐夜雨

那年我五岁,农村农活忙,外婆和妈妈无暇照顾。村里有一所小学校,与我家仅一河之隔。大姐带着我去上学,顺便照看我。于是,开启了我的小学生涯。

学校有六个班,一至六年级。有六位老师,每位老师负责一个班级的管理和所有课程。我的班主任是我家本家亲戚,我叫他三伯。他家就在教室隔壁。讲课口渴了,前脚跨出教室,后脚就能进入家门,喝口水回到教室,整个过程不用一分钟。

校园里有六间教室,一间办公室,全是实木结构的房子,上下两层。用来提示上下课的钟,是一块破铁管,"当当当"敲三声表示上课时间到,"当当"响两声表示下课了。

陌生而新奇的环境里,最吸引我的,是操场边那两棵站得笔直的梧桐树。两棵梧桐树并排站立,古老,高大,枝叶茂密,绿意深浓。据说,在学校还未成为学校之前,那两棵梧桐树就已经存在了。有句古老的谚语说:"家有梧桐树,引得凤凰来。凤凰鸣矣,于彼高岗。梧桐生矣,于彼朝阳。"家门口有梧桐树,自然吸引凤凰来。凤凰鸣叫预示着吉祥,梧桐面向东方迎接朝阳，枝叶茂盛郁郁苍苍，凤凰和鸣声音悠扬。不知道，当初选校址的人，是否也曾熟读《诗经》？是否也带着美好的期冀，希望梧桐能为学校引来金凤凰呢？

那两棵梧桐树高大挺直，虽年代久远，饱经沧桑，它的树皮却平滑青翠，不显老态。从枝到叶，一片葱绿，洁净清雅。树叶翠绿阔大，像农民宽厚的大手掌，勤劳而有力量；枝叶浓密，像高擎天际的碧绿巨伞，气势昂扬。炎炎烈日，密密层层的枝叶遮挡着炙热的阳光，树下一片浓厚的阴凉。老师、学生和过往的农民，都喜欢在树荫下停留，感受那片凉爽和惬意。

不知这两棵梧桐树是何人所种？为何同时种了两棵？是特意种植还是无意为之？我无从考证。传说梧桐本就是两棵树，雄树为梧，雌树为桐，梧和桐相互依偎，生死与共。于是梧桐成了人们眼中爱与忠贞的象征。

梧桐花淡黄绿色，色彩鲜艳而明亮。微风拂过，花朵娉娉婷婷，潇潇洒洒飞下来，轻轻触碰我的头发。我常去树下捡落花，宝贝似的放进衣兜里，上课也忍不住掏出来玩。三伯老师不太管我，只求我安安静静，不影响别人就好。慢慢地，树下捡不到花了。我很沮丧，抬头望树，脖子都快仰断了，惊喜地发现树上结了很多小小的籽。奇怪的是，两棵梧桐树，只有一棵结籽，另一棵无籽。

下课的钟声敲响，全校学生像开闸泄洪，奔涌而出，很快填满操场，浪花翻滚。女同学们踢毽子、跳绳；男孩子们有无穷的精力，总是你追我赶，追逐打闹。我发现一个奇怪的现象，男女同学的眼神常有意无意地飘向梧桐树站立的方向。梧桐依旧，桐荫婆娑，阳光透过梧桐的斑驳光影随风晃动，与往常并没有什么不同。放学路上，姐姐告诉我，他们这是垂涎梧桐籽呢，梧桐籽可好吃了。

成熟后的梧桐籽或因风或因鸟，不时从树上掉下来，立刻被男同学疯抢。我很好奇梧桐籽是什么滋味，每到下课，我都去梧桐树下蹲守，期待着也能捡到一两颗梧桐籽。我都计划好了，捡到梧桐籽，拿回家给外婆和妈妈尝尝，她们俩太辛苦了。可是，每次都是失望而归。

一夜风雨大作，河水猛涨，无法渡河上学。两天过去，洪水消退，再去学校。梧桐树叶被风雨打得七零八落，梧桐籽更是掉了个精光，被同学们捡得一粒不剩。黄褐色的梧桐叶，悄无声息地坠落。一种无可名状的悲伤袭上心头。寂寞梧桐深院锁清秋，悠悠愁思缠绕着我。我的心情如满地落叶，寂寞、凄凉、孤独、悲伤。

全校师生都在上课，我倚在梧桐树脚下，看片片落叶飘零，任眼泪悄然滑落，最后竟昏然睡去。路过的三伯母看到我，怎么也叫不醒我，一摸额头，才发现我正在发烧。她将我抱回她家，喂我喝下温暖的糖水。我烧得满脸通红，不断说胡话。她只好背上我，将我送回家。这一病，就再没去村小。这一别，与梧桐竟一别永恒。

病好之后，我跟着父亲去他单位住读。当我有机会再去村小，已是二十年后。学校已成为一堆黄土，那在梦中出现过无数次的梧桐树，也没有了踪影。听说是一场突如其来的大火毁灭了这一切。三伯早已退休，已于两年前因脑溢血逝世。当年喂我糖水，背我回家的三伯母，也垂垂老矣。满头银丝，背驼成一张弓，几乎呈九十度。闲谈中，她还记得那个弱小的我，和那一到秋天就飘满操场的梧桐叶。她深深叹息，可惜了那么好的木头房子，可惜了那两棵粗壮的梧桐树。

看着眼前荒草丛生的学校遗址，我的泪涌上来，如梧桐雨，带着离情别绪的孤独，点滴不休。梧桐树，三更雨，不道离情正苦。一叶叶，一声声，空阶滴到明。

田园诗画

如果能够选择，我绝不生活在大都市。我愿意做一个简单幸福的农夫，守着三分薄田，日出而作，日入而息。

朋友先我一步实现了农夫梦。孩子考上大学，夫妇俩就卖掉城里的房子车子，回到农村，继承祖业，当上了农场主。夫妇俩常在电话里向我描绘田园生活的乐趣，三番五次地邀请我去小住。

终于攒够了假期，我带上小儿，去朋友家体验一把农夫梦。

没有城市的高楼大厦，没有川流不息的汽车，没有嘈杂的人声，有的只是久违了的美好与静谧。天空和田野是广阔而开朗的，空气是清新而甜润的。到处都是成片的、不知名的野花，无数蜂蝶在花丛中忙碌。大片大片绿油油的麦苗，金光闪烁的油菜地，让人心旷神怡。我感受到了"久在樊笼里，复得返自然"的巨大喜悦。

清晨，不再被闹钟催命般的铃声吓醒。雄鸡嘹亮的歌声，鸟儿清脆的鸣唱，唤醒睡梦中的我，也治愈了小儿持续几年的"起床气"。每天，我和小儿都带着惊喜扑进大自然的怀抱。

小儿很快适应村居生活。和朋友家的小黄狗、小鸭子、大公鸡和几只大白鹅打成一片。一会儿追鸡，一会儿撵狗，一刻不停地疯跑。太阳晒红了脸，汗水打湿了衣衫，还乐此不疲。

我跟着朋友去菜地种菜、锄草。绿油油的青菜，绿油油的青草，满眼漾着盈盈的绿，美得惊心。青草和青菜同样蓬勃旺盛的生命力，让我的心情无比欢畅与满足，我竟不忍对那些侵占青菜领地的青草下手。

我们一起栽下碧绿的黄瓜苗，一畦畦一垄垄，排兵布阵，整齐有序。第二天清晨，去看昨天的劳动成果。瓜苗吸收了一夜的雨露，显得更加绿汪汪，神采奕奕。瓜苗长势迅速，几天就蔓延了长长的瓜藤。我们给每一畦瓜蔓都插上竹竿，瓜蔓识趣地顺杆往上攀附。

我最大的乐趣是去山里找野花，把它们移植到朋友的院子里。那些花草也给我面子，并不怪罪我擅自给它们挪了窝。它们很快扎根，精神抖擞，花枝招展。加上我从城里带去的一些花种，朋友的庭院很快被我打造成美丽的花园。万年青、鸡冠花、美人蕉、指甲花、映山红、牵牛花、月季……生机勃勃，绿意盎然。两只废弃的大瓦缸也被我种上睡莲和凤眼莲，一左一右站立在大门两侧，像大户人家大门外蹲着的石狮子，默默守护着家园，却少了煞气，多了妩媚。

朋友夸我是个合格的园丁，却是个蹩脚的农夫。说我不识五谷，不辨菽麦。

一早起来，薄雾笼罩群山，远处景物，一片空蒙。花园里的太阳花带着骄慵，还在半梦半醒之间；月季开了四五朵，对着太阳欢笑；晶莹的露珠在太阳的照射下，闪耀着五彩的光。朋友神神秘秘地将我拉到菜园，我惊喜地看到，瓜蔓上，金黄色的小黄花正羞涩地笑。绿豆般大小的小黄瓜躲在阔大的绿叶后面，像是在跟我捉迷藏。我将它们一一找出来，一种秘密的愉悦笼罩着我。小小的，毛茸茸的，带着花蕾的小黄瓜，令我怦然心动。真想把它们拥在怀里，那些婴儿般的小生命，仿佛是我亲手抚育的，最亲爱的孩子们。

屋前有一条小河，水波微漾，平静美好。河水清洌，五颜六色的鹅卵石清晰可见。我们赤着脚，泡在水里，坐在青石板上洗衣服。鱼儿成群游曳，不时有调皮的小鱼儿啄一下我的腿。几只鸭子欢快地在我们身边戏水，一点也不怕人。

入夜，月光融融，流星划过夜空。我躺在庭院的竹床上，看着天上的星星，星星也眨着眼睛看我。有风轻柔地吹过，花儿在静静地开，露珠在花叶间滑落，昆虫在草丛里唧唧，萤火虫拖着一闪一闪的小夜灯飞过。

乡村独有的田园风光让人心醉，不忍分离。假期是有限的，欢乐总是短暂的。我不得不逼着自己，回到高速运转的都市，陷入紧张、忙碌、痛苦的循环中去。

土地、桃李、村庄、鸡鸣、狗跳、人影，恬静幽美，清新怡然，这才是我的梦与爱。"土地平旷，屋舍俨然，有良田美池桑竹之属。阡陌交通，鸡犬相闻。其中往来种作，男女衣著，悉如外人；黄发垂髫，并怡然自乐。"《桃花源记》里描述的场景，才是我最向往的田园诗画生活。南怀瑾先生说："三千年读史，不外功名利禄，九万里悟道，总归诗酒田园。"我没有投合世俗的气质，没有附庸权贵的能力，独喜欢乡村烟火人间里平凡的生活。就像低到尘埃里，也要开出花儿来的野草，平凡而倔强。

灵魂栖息地

梭罗说，现在的生活太放荡了。于是，他毅然放弃一切，远离尘世，去瓦尔登湖畔过上了极简生活。

我极羡慕梭罗的居住环境、纯天然的生活方式。

"在我的前院里，长着草莓、黑莓、珠光香青、金丝桃和黄花、矮橡树和莎樱、乌饭树和野豆。"

"我栽培的豆子正在快乐地返回到它们的野生、原始的状态，而我的锄头则为它们吟唱一首瑞士牧歌。"

"我喜爱我的人生中有闲暇的余地。有时，在夏季的一个清晨，我像往常一样沐浴后，坐在阳光融融的门前。从红日东升直到艳阳当头的正午，坐在这一片松林、山核桃和漆树的林中，坐在远离尘嚣的孤寂与静谧中，沉思默想。"

......

抱朴归真，道法自然。梭罗的极简生活，才是真正的热爱自然，回归自然，拥抱自然，融入自然，成为自然。

瓦尔登湖的美景，梭罗的极简生活方式，让我怦然心动。那样的生活才是我最理想的生活状态，我迫不及待地想要效仿。心动不如行动，我和聪都是实干主义者，我们开启了寻梦之旅。武陵山远离市区。那里群山连绵，峰峦叠嶂，古木参天，花果累累，风光旖旎，成为我们的首选。

我们对那间隐藏在大山深处的小屋一见钟情，赶紧买下。小屋简单、朴素、自然，让人心动。山如眉黛，小屋似眉间的一颗美人痣。纵目四望，山外有山，重重叠叠。林海茫茫，郁郁苍苍。各种野花野果，随处可见。我们像来到了孙悟空的花果山，呼吸的空气都带着果香和花香。

城里的房子成了鸡肋，山里的小屋才是我幸福的终点，是安放我心灵的伊甸园。清晨，清脆的鸟鸣唤我起床，馥郁的花香伴我漫步。整座大山就像我的后花园。我和聪似深山里的隐士，漫步绿荫，游目骋怀。蓝天旷远，白云飘逸，花木秀美，绿色盎然。群山葱茏，参天的巨树林立，树叶间细碎、斑驳的阳光跳跃。千山鸟飞绝，万径人踪灭。大山里万籁静寂，雾气蒸腾，像仙气笼罩的天宫，宁静、美好。

我们踏着青石板路散步。沿途都是绿浪翻滚的秧苗，几只白鹭在田里觅食。绿如翡翠的青菜、紫水晶般的茄子、青翠欲滴的黄瓜、红灯笼似的辣椒、树上悬挂着穿了雪白绒衣的大冬瓜、红得透亮的水蜜桃……大自然的丰盈馈赠，常让我惊叹不已。勤劳勇敢的农民才是真正伟大的创造者，他们亲近土地，把一捧捧黄土，变成粮食、蔬菜和水果。

误入一条少有人走过的土路。路左边是一片青纱帐，右边有一排李子树，硕果累累，压弯了枝头。正是李子成熟的季节，紫红色的李子像一串一串玛瑙，颗颗晶莹，分外诱人。

我跟聪商量，"我们去找李子树的主人，买点李子回去给孩子们吃。"我情不自禁地抬手，触摸那些漂亮的李子。

"瓜田不纳履，李下不整冠。当心被人当贼。"聪笑谑。

他拉我快走。说："你忘了路边李苦的典故？这李子好看不好吃。"

我不信，摘下一颗，咬了一口，入口清甜，肉厚多汁。谁说路边李一定苦？

他妥协，正欲去村里找人询问。

突然，青纱帐里冒出一个人来。我们吓得灵魂出窍，感觉干坏事被人抓了现行。

那是个八十多岁的老人，背微驼，白发苍苍，古铜色的脸上沟壑遍布。他微笑着对我们说："吃吧，吃吧，趁年轻，多吃点。"

我俩窘迫呆立，不知如何应答。

老人摘了一颗李子，用手掌擦擦，放进嘴里，立刻又吐了出来。他自我解嘲似的说："老了，牙掉光了，咬不动了。"

"老人家，这些李子树是您家的吗？我们想买点李子。"

"买什么买？自己摘，想摘多少摘多少。我家就我一个老头子，老伴走得早，只有一个闺女嫁到城里去了。这么好的李子，烂在地里可惜了。"

我们坚持给钱。他满脸不悦："树上长的，要什么钱！自己随便摘。"不由分说，将一兜李子塞给我，"吃完再来摘。吃了比烂在地里强。"

我瞬间泪目。朴实的农人，朴素的语言，他们才是最美的人。自然纯朴的农民诠释了什么是真善美。也许因为自己出生农村，我从小就对农村和农民有一种天然的亲切感。

大道至简，大音希声，大象无形。不染尘埃的大山，让人心也如山泉般澄澈。这样的环境会让人变得纯洁、自在、简单、善良，回归本真。

我们比梭罗还幸福。梭罗居住的瓦尔登湖畔远离尘嚣，也远离人群。他的生活中只有白天、黑夜、花草、湖泊、流泉和孤寂，而我，除了纯净的空气、满眼的新绿、啁啾的鸟鸣，还有朴实的村民相伴。我感恩上天的惠泽，赐我温馨小屋；感恩大自然的无私馈赠，给予我灵魂的栖息地。

第二辑 蔷薇风细一帘香

母爱如花香弥漫

自从妈妈来到我家帮忙带小儿，家里的阳台就变成了妈妈的花卉瓜果园：三角梅、茉莉花、菊花、兰草……还有两盆草莓、一株矮桩葡萄、一棵无花果树。更让人叹为观止的是，除了花卉、水果，蔬菜也是必不可少的，茄子、辣椒、韭菜、黄瓜……小小的阳台，应有尽有。

一盆盆蔬菜、水果、鲜花，排列得整齐有序，生机勃勃，五颜六色在阳台肆意地绽放。一年四季，整个阳台都是绿意盎然，花团锦簇，硕果累累。我们生活在这一方乐园，每天都清净自在，幸福满足。

俗话说："家有一老如有一宝。"在妈妈的羽翼下成长，如今我已人到中年，依然在母亲的庇佑下生活。

看到母亲忙得无暇看她最喜欢的谍战片，我有些心疼。我劝她多次："妈，超市离家近，品种丰富，什么菜都能买到，何必这么辛苦种菜呢？"

"阳台空着也是空着，我闲着也是闲着。种点花果蔬菜，权当锻炼身体了。"母亲头也不抬地回答我，"蔬菜水果既赏心悦目又能果腹，何乐而不为呢？如今买的蔬菜水果不如自己种的吃着放心啊。"母亲继续着手里的活儿。

"妈高兴怎样就怎样吧。"老公说。

"外婆是个魔法师，把家里变成了花果山。"

"外婆真厉害！"

孩子们欢呼雀跃。

放学回家，两个儿子放下书包就往阳台跑。想一睹为快，外婆又变出什么好看的好吃的来了。我也养成没事往阳台跑的习惯，那里空气清新，生机盎然，幽远纯净。看着那些蓬勃的植物，工作的焦虑立刻飞向天外。每到周末，一壶茶，一本书，在鲜花、瓜果的香氛中，偷得浮生半日闲。

阳台成了妈妈的乐园，她每天大部分时间都在拾掇那些植物。鲜花、瓜果的芳菲怡人，引来无数蜜蜂、彩蝶飞舞。不时飞来一两只鸟儿，叽叽喳喳。我挥手驱赶，母亲说，"让它们吃吧，它们能吃多少啊。"

客厅茶几上不断更新的鲜花，餐桌上新鲜的蔬菜，都来自母亲勤劳的双手。老公由衷地说："妈，有您真好！"

小时候，我们兄妹四个跟着父亲，在父亲单位生活、上学。母亲一个人在乡下辛勤劳作。每隔几天，母亲会给我们送来很多蔬菜水果。那个年代，交通不便，那么远的碎石公路，她都是用双脚一步一步丈量而来。无论寒暑，风雨无阻。

每年大年初一早上，我们醒来，首先映入眼帘的是母亲给我们的新年礼物———一套崭新的衣服和一双千层底布鞋。四兄妹，每人一份。布鞋是母亲亲手一针一线缝的，每一个针脚里都是母亲沉甸甸的爱。昏暗的煤油灯下，母亲的背弯成了一张弓。母亲催促着我们穿上新衣新鞋，去吃热气腾腾的汤圆。一整天，母亲看看这个，看看那个。脸上笑成一朵花儿，像太阳，炽热而光明。

母亲用勤劳的双手养育我们长大，等到我们兄妹四个陆续结婚生子。她又帮哥哥姐姐们带孩子。到我成家时，她已白发胜雪，年过花甲。但她依然停不下来，担心孩子的安全，坚持早送晚接。操心我们一家大小的生活起居。还抽时间将空置的阳台打理得生机盎然。

母亲用生命里点点滴滴的温情，照亮我的生命，照亮我的人生路途。母亲像一台永动机，永远停不下来。她总想着，趁着还能动，多为我们做点事。母爱永无止境，她总想着多给点，再多点。就像那片永远生机勃勃的花果园，不断生长，不断成熟，周而复始，带给我们花香和果实。

直到现在，母亲这份浓浓的母爱绵延到了孙辈，那么厚重，那么深沉……

冰心说：爱在左，而情在右。走在生命路的两旁，随时撒种，随时开花，将这一径长途点缀得花香弥漫，使得穿花拂叶的行人，踏着荆棘，不觉痛苦，有泪可落，却不是悲哀。母亲的爱永远伴随我的人生长途，踏遍荆棘，只觉幸福。

漫山开遍菜花黄

好雨知时节,当春乃发生;随风潜入夜,润物细无声。一声春雷,一场春雨。催绿了树叶,小草从沉睡中醒来,眨着蒙眬睡眼从地底下探出头来。百花竞赛似的开放。最轰轰烈烈的,当属油菜花了。哗啦啦,漫山遍野开遍,一片连着一片,满山尽带黄金甲。

从来没有人把油菜花当贵宾。牡丹雍容华贵;荷花坚贞纯洁;玫瑰情比金坚;蜡梅万木摧残独自芳……唯有油菜花不入人眼。人们觉得它贱,登不了大雅之堂,是因为它生命力顽强,不择地,荒山野岭,贫瘠莽原,都是它的乐园;因为它开得太热烈,太放肆,太不管不顾,漫山遍野,铺天盖地;因为它多,家种、野生,一天一地的金黄。

城市里,公园、小区、道路甚至垃圾堆旁,随处可见它们的身影。不知它们从哪里来,哪怕只有一星半点的泥土,它也能开出灿烂的花儿来。它们往往一枝独秀,却风姿绰约,孤独而骄傲。

要是去乡下,就别是一番景象了。一出市区,金黄色的花浪扑面而来,轰轰烈烈,气势恢宏。到处都是油菜花海,金光灿烂,色调单一又强烈。它们抢尽桃花、李花、梨花的风头。山川、河流、田地、农舍,都被金黄色的浪涛席卷。春风吹拂，一望无际，金浪翻滚，气势磅礴的金黄色海浪，此起彼伏，花香袭人。连蓝天白云都染上了金黄，耀眼夺目，令人叹为观止。

"篱落疏疏小径深，树头花落未成阴。儿童急走追黄蝶，飞入菜花无处寻。"阡陌纵横，溪流潺潺，村落棋布，置身金黄的花海，蜂蝶相戏，花香醉人。村里小孩、大黄狗在油菜花海里钻进钻出，披一身金粉，浑身黄灿灿，窸窸往下掉金粉。金黄色的蝴蝶飞入金黄色的花海，孩子们望海兴叹，分不清哪是蝶哪是花。

城里的准新郎新娘们，都选择在油菜花盛开的时节，下乡拍婚纱照。金黄的油菜花、传统的白色婚纱，给人以强烈的视觉冲突。新郎新娘笑颜如花，相拥相偕，留下永久的、不可磨灭的青春年华。

"油菜花开满地黄，丛间蝶舞蜜蜂忙；清风吹拂金波涌，飘溢醉人浓郁香。"三月暖阳，油菜花流金溢彩，金黄闪耀。蝴蝶飞舞，蜜蜂鸣唱，清风吹拂，金波翻涌。蓝天、白云、青山、绿树、黛瓦、碧水，一望无际的油菜花，交相辉映，色彩分明，好一幅清新、淡雅的田园画卷。人在画中游，花不醉人，人自醉。那些从纷繁大都市挣脱出来的人们，在金黄长卷里徜徉，如入迷宫，浓郁花香让人迷醉，旖旎风光令人流连忘返。

二月开花，三月暮，花落情更浓。五月硕果累累，正是油菜籽收获的季节。山坡上的野油菜籽在太阳暴晒下炸开，菜籽被风带着，飞遍万水千山，来年春天又是满天满地满世界的金黄。家种的油菜籽被人们收割回去，油菜籽晒干榨油，是食用油中的上品，用它炒菜，色香味俱佳。

朋友回乡下母亲家消暑。回城时带给我两大瓶菜籽油，打开瓶盖，满室飘香，浓浓的情意润湿了我的双眼。我嗔怪："伯父伯母年纪大了，难为了他们。"

"我父母早已赋闲在家。这是他们闲来无事，去野地里收割的野油菜籽。我回去亲自动手榨的油。"朋友神色飞扬地说，"用菜油做的菜比其他很多油做的菜香多了。保你吃完还想要。"

我爱油菜花，爱它热情、亮丽、无私奉献的一生。油菜嫩叶可以当菜吃，烹煮皆宜；油菜花怒放成阵，带给人们一场强烈的视觉盛宴；油菜籽带给我们色香味俱全的味觉盛宴；就连它枯干的秸秆，农民收回去可以当柴烧，也可以任它们腐烂成泥作有机肥。在我心里，油菜花堪比品格高洁的梅花。"无意苦争春，一任群芳妒。零落成泥碾作尘，只有香如故。"这首咏梅诗，也是油菜花灿烂一生的写照。

　　油菜花的花语是"加油"。它的一生虽然平凡普通，但从未停止追求梦想的脚步。一直在为梦想不断加油，奔跑前进。

唯留馨香在人间

当春的脚步远去，夏带着和风款款而来。上班路上，总有暗香浮动，丝丝缕缕，影影绰绰，仿佛夏夜的月色，静谧，清澈，雅致。那是黄角兰独有的幽香，也是夏天的味道。

花香是一个老人带来的。老人的出现，香了一条街，由这条街蔓延开去，是一缕行走的香。

老人站在十字路口，向路人兜售黄角兰。含苞欲放的花蕾洁白修长，含香带笑。老人用白线将黄角兰穿起来，有的三朵一串，有的五朵一簇，整齐地排放在竹匾里，像害羞待嫁的美少女，带着纯洁的爱，落落大方，安静内敛。

走过老人的身边，芳香争先恐后往鼻子里钻。那清幽的香，仿佛会勾人魂魄，过往行人，都忍不住停下来挑上一两串，挂在胸襟，淡雅的芬芳便如影随形。不时有过往车辆停下来，买上一两串挂在车上，满车的花香一路追随，余下的行程都是香的。

老人满头银丝梳得纹丝不乱，鬓角别了两朵黄角兰，半遮半掩，若现若隐，幽香阵阵飘逸而来；微微下陷的眼窝里，一双如海湛蓝的眸子，深邃明亮，似在诉说着岁月的沧桑；慈祥的眼睛总是笑眯眯的，说起话来如和风细雨，亲切又好听。

多年来，我已习惯，每天路过老人的花摊。随手买一串黄角兰，挂在衣服扣子上。一举手一投足，隐隐香气飘溢，随时能感受到黄角兰的馥郁。黄角兰的香味清爽，没有栀子花那么张扬浓烈，也没有桂花那么幽远深邃。它的香味淡雅、大气、久远，回味悠长。

年复一年，我和老人渐渐熟悉。老人姓刘，曾是一位乡村中学教师，教语文。刘老师扎根农村一辈子，退休后回城跟着女儿生活。闲来无事，刘老师在屋顶开辟出一块苗圃，种了蔬菜和几棵黄角兰。

她看到街上有人将黄角兰花穿起来卖，她也如法炮制。刘老师退休金的一半交女儿补贴家用，一半加上卖花攒的钱送到曾经任教的学校，资助贫困学生。从当上乡村教师的第一天起，直到现在，资助学生，从来不曾中断。刚开始丈夫和女儿颇有怨言，时间久了，家里人不再过问。

今年夏天，我家的黄角兰早早打苞。青绿色的小苞苞，姿态娇羞，落落大方，宛如亭亭玉立的少女，掩藏在层层叠叠的绿叶之中，像在跟我捉迷藏。花蕾还未绽放，幽香已经迫不及待地跑出来，沁人心脾。

上班路上，迟迟不见刘老师熟悉的身影。多方打听，才知噩耗，老人中风抢救不及时，已然仙逝。我难以置信，仿佛身体被掏空，神思恍惚，不知道是怎么回的家。当我回过神来，已经站在我家黄角兰身边，泪流满面。

此时已是傍晚，夕阳的余晖洒在黄角兰身上，被树叶筛得斑斑驳驳，似刘老师饱经沧桑的脸，正笑吟吟地看着我。黄角兰吐露着芬芳，花瓣如玉，白衣胜雪，清新脱俗，香气四溢。每朵洁白的花里，都住着一个高雅圣洁的灵魂。

与刘老师交往的点点滴滴浮上心头，在我的记忆深处，老人永远慈眉善目，温润如玉。刘老师的美，如黄角兰，美在内心；她高洁的品格，如黄角兰隽永的芳香，永留人间。月亮爬上树梢，如水的月色弥漫，连月色都是香的。斯人已去，唯留馨香在人间。

蔷薇风细一帘香

偶遇一小女孩，臂弯处挽一篮蔷薇，花叶交映，芬芳袭人，人和花像一道行走的风景。我试探："你的花儿，卖吗？"她羞涩地点点头。小姑娘一脸稚气，还带着婴儿肥。此时的她本应该坐在教室里学习吧。我问，她只是笑，不回答。我精心挑选了一大束，粉色、红色和白色混搭，美得惊心。她那么腼腆，剩下满满一篮，我担心她能否卖得出去，索性全买了。小姑娘很意外，很感激，频频回头看我。

满怀蔷薇绿意荡漾，艳丽饱满，清香扑鼻。家里所有的花瓶，甚至喝水的杯子，全都成了蔷薇的陪衬。梵音如缕的香气四散飘逸，家人们行走都带香风。感谢慷慨的小姑娘赠我一屋子花香。

第二天上班，顺手带走一瓶蔷薇，送给闺密汪茜。她笑着接过，说："'买笑花'啊。"

我一愣，忙问何为"买笑花"？她给我讲了一个典故：据说汉武帝与丽娟在上林苑赏花时，蔷薇始开，态若含笑。汉武帝叹曰："此花绝胜佳人笑也。"丽娟戏问："笑可买乎？"武帝说："可"。丽娟便取黄金百斤，作为买笑钱，以尽武帝一日之欢。"买笑花"从此便成了蔷薇的别称。

帝王闺帷之中的戏谑而已，不值一哂，我却记住了这"买笑花"。当蔷薇花全部凋谢，我又去花店买了一盆。

汪茜约我周末去郊外游玩，说那里是"买笑花"的天堂。汽车驶离市区，不时能看到公路两边的花圃、田边、地角、河畔、农家院墙外，到处盛放着各种颜色的蔷薇花。色彩艳丽，姿态各异，肆无忌惮地霸占了整个季节，似乎还想霸占全世界。

汽车在一家农家乐停下，蔷薇花铺满院墙，绿叶葱茏，衬托着层层叠叠的繁花，把庭院装扮得姹紫嫣红，生机盎然，微风吹拂，花香扑面而来。我忍不住拂过一朵朵花瓣儿，像抚摸婴儿的脸，花儿娇羞低垂，实在惹人怜爱。老板娘看我很痴迷，说："这种野花在我们乡下，多得很。这些都是我去后山挖来种的。"

汪茜和朋友们又展开了"麻将大战"。我一个人步出院子，跟着蔷薇走。到处都是蔷薇，有野生，也有特意栽种的，花枝招展，绵延不断。红的热烈、黄的灿烂、粉的明媚、紫的妖艳，一簇簇，好不炫目。蔷薇花色各异，形态万千。有的低眉顺目，娇柔妩媚；有的正襟危坐，一本正经；有的傲然挺立，精神抖擞。乡野村花，默默绽放热情与美丽，那么从容淡定，坚韧圣洁。

"春来百花次第发，红白无数竞芳菲。解向人间占五色，风流不近是蔷薇。""红房深浅翠条低，满架清香敌麝脐。攀折若无花底刺，岂教桃李独成蹊。""绿树阴浓夏日长，楼台倒影入池塘。水晶帘动微风起，满架蔷薇一院香。""春残何事苦思乡，病里梳头恨最长。梁燕语多终日在，蔷薇风细一帘香。"我踩着一路花香前行，挖空心思回忆记忆中关于蔷薇的古诗词，默默吟诵，沉醉于花儿与诗的意境中。

"阿姨。"身后一个稚嫩的声音响起。

回眸，一个小女孩站在面前，挽着一篮绿意盎然，是刚摘的青菜、黄瓜、蒜苗，露水莹莹。

蔷薇从她身后的墙内探出笑脸，低垂在小女孩的肩上。柔软的枝条上，缀满明艳的花儿，映红了她的脸。

我惶惑，蔷薇仙子？

"您上次买了我一篮子蔷薇呢。那是我第一次卖花……"

我神识回体，原来她就是那个卖蔷薇的小女孩。

"来，进来看吧。我知道您喜欢蔷薇。"小女孩热情地招呼我。

院里整洁明亮，蔷薇横卧，开满庭院，有的溢出了院墙，有的爬上了房顶。蔷薇花沾着点点清露，竞相怒放，清冷的庭院里香气弥漫。

小姑娘给我端来一杯水，水面上飘着粉色的蔷薇花瓣。

"放心喝吧，蔷薇花是清热和胃的。"

小姑娘落落大方，完全没有卖花时的羞涩。

我试着喝了一口，入口生津，熨帖入胃。

阳光投射在苍翠碧瓦上，蔷薇花一簇一簇地盛放着，花瓣上露珠晶莹，仿佛珠泪盈盈的少女，情意脉脉。层层叠叠的花，一朵一朵彼此拥着抱着，蜜蜂嗡嗡地钻进钻出，蝴蝶潇洒地飞来飞去，连回旋的风，都变得斑斓、馨香、温润。

小姑娘从屋里推出一位坐在轮椅上的老太太，将她安置在蔷薇花下。老太太虽行动不便，却干净整洁，精神矍铄，慈眉善目。"奶奶最喜欢蔷薇花了。这些都是我为奶奶种的。"她说着顺手摘下一朵粉红蔷薇花，插在老人的发髻。小姑娘拿来镜子，老人看着镜中的自己，脸上笑成了一朵蔷薇花。

这一刻，我才真正理解了"买笑花"的深意。

原来，小姑娘的名字就叫蔷薇。两岁时，父母双双意外身故，是爷爷奶奶拉扯她长大。前年爷爷因病去世，奶奶也一病不起，瘫痪在床。蔷薇初中尚未毕业，就辍学回家照顾奶奶。

蔷薇执意陪我在院里转转，参观她的庭院。院前有一方池塘，种了莲藕，养了鱼。蔷薇剪下很多蔷薇花枝，说让我多带些回去做插花。

她说："我就这样守着奶奶，守着土地。她养我小，我养她老。"

蔷薇稚嫩的脸上，有着倔强、坚毅，像蔷薇花，出身低微，却热情洋溢，不屈不挠，默默绽放。

"阿姨，您慢慢挑。喜欢哪枝剪哪枝。我得去给奶奶喂饭了。"蔷薇将剪刀递给我，转身进了厨房。

蔷薇给奶奶做的，竟然是蔷薇粥，佐以蔷薇花瓣炒肉末。

她边一勺一勺地吹凉，喂给老人，边和风细雨地和老人说话，像一位圣洁的蔷薇仙子。阳光洒在她的身上，熠熠生辉。池塘里小荷已露尖尖角，梁上的燕子呢喃，院里蔷薇花静静地开，蜂蝶在花间穿梭……好一幅淡雅的水彩画，阳光而温暖。

我掏尽包里所有的现金，用剪刀压在窗台上，抱着一捧蔷薇悄然离去。

一卉能熏一室香

在众多纯白色花卉中，我对茉莉花情有独钟。它冰清玉洁，恬静淡雅，清香宜人。南宋诗人刘克庄也对茉莉花钟情不已，写了不少诗表达对茉莉的喜爱。我最喜欢："一卉能熏一室香，炎天尤觉玉肌凉。野人不敢烦天女，自折琼枝置枕旁。"一丛茉莉花就能使满室飘香，在炎热的暑天里见到白色的茉莉花，更使人觉得如对美人洁白如玉的肌肤，顿生凉爽之感。凡俗之人不敢打扰天上的仙女，折一枝茉莉放置在枕头旁，立刻满室生香。

我家里从来少不了茉莉，是栽种数量最多的一种花。它没有玫瑰牡丹那么娇贵，很容易成活，管理也不难。春夏两季开花，花期很长。花枝亭亭玉立，如楚楚动人的少女；叶子碧绿盈盈，似翡翠苍翠欲滴；花瓣洁白无瑕，如水晶玲珑剔透；香味清新淡雅，沁人肺腑。我喜欢在夜里，摘几朵茉莉花放在枕边。闻着茉莉花的幽幽清香，内心安详喜悦，恬然入梦。

晨风晓露，茉莉竞相绽放，清新淡雅的芳香弥漫，满室飘香。绿叶、白花、一本书、一杯茶，闻着丝丝缕缕的茉莉花香，品着甘甜爽口清茶，读着经典，真是人生一大幸事。顺手摘两朵茉莉花，放进茶杯里，香气鲜灵持久，茶汤更加滋味醇厚，回味悠长。花香和茶香融为一体，既有浓郁清新的茶味，又有鲜灵芬芳的花香。茉莉香片是不是由此而来呢？宋代诗人江奎将茉莉列作"人间第一香"，可见茉莉早在古代就深入人心。

茉莉花盛开的季节，满城飘香。公园里、小区花圃里、家家户户的阳台上，茉莉花风姿绰约地开，幽香远溢，韵味悠长。茉莉性情温厚宁静，不自怜，不招摇。它总是在夜深人静，月朗星稀之时，悄然绽放，像是怕惊醒了人们的清梦。经过一夜默默努力，清晨，它用最灿烂的笑容迎接朝阳的升起；以最美丽的姿态，出现在人们面前；以最清新的香味拥抱人们。大街小巷随处可见把茉莉花当首饰戴的人，或别在鬓角，或挂在胸襟，或戴着茉莉做成的项链与手环。更有特立独行的青葱少女，将茉莉做成耳环，戴着招摇过市。

看过一个关于茉莉花的传说，相传有一个叫拉刚家林的菲律宾青年，不甘祖国受到西班牙的侵略和压制，积极展开救国运动。不幸死于战火，他的女友李婉婉伤心欲绝，也随之香消玉殒。亲友感于他们情比金坚的爱情，将他们合葬在一起。墓地上很快长出了白色的小花。这种花纯白无瑕，出尘不染，芳香四溢。因为拉刚家林忠于祖国，为国捐躯，李婉婉对爱情忠贞不渝。为了纪念他们，人们将这种纯洁的小白花取名茉莉，被奉为菲律宾的国花。

茉莉花洁白无瑕，香味清芬久远。茉莉花语是忠贞、清纯、质朴、迷人。人们都将茉莉花视为最贞洁最美好的象征，到处可见它娇小美丽的身影。

花开花落无间断

儿时，雨后初晴。跟姐姐们一起去森林里捡蘑菇，远远地，看见一抹红在风中摇曳。我丢下蘑菇，向着那点红追去。爬上陡坡，一朵红艳艳的花儿正随风起舞，抖落身上的雨珠，散发出淡淡的清香。

本想掐下那朵花，看到还有未开的花苞，我又突发奇想，将它连根拔起。它身上的刺扎破了我的手指，也顾不上疼痛，我将它种在院里。大人们都说，人挪活，树挪死，它活不了的。花儿耷拉着脑袋，无精打采，好像在埋怨我的自私——擅自为它们搬了家。我像个辛勤的小园丁，每天守着它，眼巴巴地看着它，期待着奇迹发生。没想到，它蔫儿了几天后，就变得精神抖擞起来，蓓蕾也绽开了笑颜。

这是我人生中亲手栽下的第一株花，在县城上学的哥哥告诉我，它叫月季花。初战告捷，我得意得不得了，以为自己真的成了养花能手。再跟大人们出门，处处留意，寻找更多的月季。在我的不懈努力和哥哥姐姐的帮助下，我又拥有了好几种月季，一株粉红，一株鹅黄，一株玫红，还有一株奶白。原本的菜地被我霸占为我的"自留地"。

外婆教我扦插，每一个品种又繁育出很多株。很快，那块自留地成了月季王国，郁郁葱葱，生机勃勃。无论春夏秋冬，月季们争先恐后地绽放芳华，谁也不甘落后。那一朵朵、一簇簇争奇斗艳的月季花，红的热烈奔放，粉的含蓄羞涩，白的娇艳清纯，黄的金黄耀眼，花色各异，煞是好看。过往行人，总会被吐芳绽妍的月季花所吸引，总是下意识地翕动鼻翼，吮吸那浓郁的芳香。我很得意，逢人便说：它们是月季花，我栽的。

上学后，我才知道，月季，是花中皇后，又称月月红。清代《花镜》有记载：藤本丛生，枝干多刺而不甚长。四季开红花，有深浅白之异，与蔷薇相类，而香尤过之。

月季古已有之，很多文人墨客留下许多赞美月季花的诗文。唐代著名诗人白居易曾有"晚开春去后，独秀院中央"的诗句，宋代诗人苏东坡诗云"花落花开无间断，春来春去不相关；牡丹最贵惟春晚，芍药虽繁只夏初，惟有此花开不厌，一年常占四时春。"花开了又谢，谢了又开，没完没了，春天的来去与它没什么关系。月季花，无论春夏秋冬，花开不败。绚丽多彩的身姿，装扮着四季，点缀了我们的生活。

据说当年南阳人光武帝刘秀登基前，为躲避王莽追杀，曾在如今南阳市卧龙区石桥镇的月季花丛中躲过一劫，称帝后，刘秀感念月季仙子救命之恩，奉月季为"花中皇后"。

落红不是无情物，化作春泥更护花！月季花虽然不名贵，却总是默默地绽放最艳丽的花朵，散发最迷人的芳香。无论春夏秋冬，风霜雨雪，它都充满盎然生机。它坚韧不拔，花香悠远，令那些自持清高的所谓名花汗颜。

再回老家，物是人非，满目萧条。月季园荒芜杂乱，被野草杂树野蛮入侵。月季们依旧顽强地守护着家园，虽无人照顾，无人欣赏，依然常开不败，争芳吐艳，四季轮回。

槐花满院香

　　去农家乐玩，跨进农家小院，一股甜香扑面而来。我眼前一亮，那一树雪白，竟然是魂牵梦萦的槐花。我轻轻掐一朵放进嘴里，满嘴芳香，带着丝丝的甜，直甜到心里。久违的亲切感涌上心头，葱茏的槐树、洁白的槐花、外婆的槐花饼，又在眼前晃动着，激荡着，诉说着。

　　对于槐花，我有一种特别的眷恋。故乡多洋槐，我家小院那棵老洋槐树比我外婆的年纪还大，枝叶繁茂，树枝密密匝匝，树叶层层交叠，像一把撑开的巨伞，擎向天际，炽烈的阳光斑斑驳驳地洒下来，路过的行人都喜欢在树荫下歇脚、纳凉。浓荫下也是孩子们的乐园，几乎每天，村里的孩子们不约而同会聚在树下玩乐。

　　老槐树总是在第一声夏雷响起，第一场夏雨之后，萌发出一串一串的花蕾，小小蓓蕾，像小鸭子嫩黄的喙，小小尖尖，可爱极了。在阳光雨露的滋养下，很快，槐花缀满枝头，香甜飘满小院。枝头垂满盛开的槐花，一团团，一簇簇，如同美女的笑靥。每一朵槐花像一只展翅欲飞的白蝶，每一簇槐花像是一群栖息的白蝶；盛开的槐花，像一串串晶莹的葡萄；又像给树枝挂满了白玉做成的项链。蝴蝶穿梭，蜜蜂嗡嗡，麻雀也争着啄食槐花，清脆婉转的啁啾，像对洁白的槐花高唱赞歌。一树雪白，袅袅低垂，如瀑布般倾泻四溅，肆意地敲打路人的肩头。路过的人忍不住踮起脚尖，摘下一串，嗅一下，槐香四溢，沁人心脾，让人心醉，撸下一把花塞进嘴里，微笑品咂，满意离去。

村里的孩童们闻香而动，"呼童采槐花，落英满空庭。"小男孩爬上树枝，摘下一串串的槐花，塞进嘴里，塞进衣兜。再往上，外婆就坚决反对了。槐花好吃，安全才是第一。外婆找来长竹竿，绑上镰刀，轻轻一割，槐花带着翅膀就飞下来了。我们仰着头，迎接那雪花似的花雨，有的小孩张大嘴巴，任由槐花飞进嘴里，贪婪地咀嚼着。外婆将槐花捋下来，清洗干净，裹上面粉烙饼。孩童们目不转睛地看着，不住地咽口水。外婆烙好槐花饼，给那些调皮的泥猴们一人派发一张，他们捧着饼，欢天喜地，一哄而散。

一夜风雨，槐树枝迎风起舞，槐花飘飘洒洒，悄然而落。纯白的花朵如千千万万的精灵飞舞，飘洒到地面，一地香雪；飘洒到河面，汇聚成一条玉带漂流而下。飞飞扬扬的槐花如春雨纷飞，不断地敲打着我的心，那凋零的景象让人产生不尽的感伤；如初雪，洁白无瑕，一落地就被往来的脚步践踏，零落成泥碾作尘。当槐花落尽，树叶就更加碧绿了，夏天就正式开启了。

时光荏苒，岁月无情。童年往事与情怀皆已远去，如镜花，似水月，无法驻足。故乡的老槐树，外婆的槐花饼，牵扯着我的思绪。

农家主人热情好客，临别时送我一袋槐花。我提着一兜暗香浮动，走在回家的路上，童年的槐花在心头荡漾。我思绪飞扬，脚步舒缓，恍然间，已进入小区大门。门卫阿姨鼻尖，问："是什么？这么香。"

我顺手递给她："送给你，今晚有口福了。"

"槐花！"她惊呼，像个小孩，笑靥如花。随即，喜极而泣："还是小时候吃过槐花了。谢谢你啊，让我重温童年的味道。"

阿姨六十多岁了，也有回不去的童年。

槐花，于我，于这位阿姨，都有着一缕挥不去的乡愁。年年槐花开，年年香入鼻。槐花还是原来的槐花，而我们已经不再是当年人……

一枝香草出幽丛

同事递给我一株小草，让我泡茶喝。一股浓烈的异香扑鼻而来。咦，这不是薄荷吗？如失散多年的亲人，再重逢，我万分惊喜。哪舍得用它泡水喝，我把它插进玻璃水杯里，搁在电脑边。薄荷独特的清香萦绕指尖，历久弥香。

犹记得小时候，我与薄荷那丝丝缕缕，剪不断的缠绕。

老家房子在大路边，紧靠着房屋有一条流水淙淙的小溪。外婆在河岸种下一棵碧绿的薄荷。

薄荷见风疯长，很快蓬勃出一大丛青绿，沿着清澈的河水蜿蜒而下，蔓延成一条绿色长廊，葱郁，幽密，香味独特。一簇簇小花开在暮色里，如米粒，纯白、细碎、宁静。薄荷香气氤氲，缠绵，路过的人，总忍不住掐上几片叶子贴在额上，或放进嘴里咀嚼。

酷暑时节，外婆隔几天熬一锅薄荷水，让我泡澡。乡下的孩子，精力旺盛无处宣泄，总是在太阳底下漫山遍野地撒野。小伙伴们长满痱子，小红疙瘩密密麻麻，痒起来上蹿下跳，抓得冒血珠。唯有我，一颗痱子都没有。村里人都知道，薄荷预防、治疗痱子有奇效。但是，贫穷年代，农活都忙不过来，根本无暇照管孩子。

薄荷糖也是我童年最甜蜜清凉的记忆。外婆宝藏似的围裙里，似乎有取之不尽的零食。她不时摸一颗薄荷糖出来，剥开糖纸，放进我嘴里，于是从嘴到心，立刻被清凉甘甜填满。

家里缺劳力，粗重农活都是请人干。外婆从不亏待相帮的乡亲们，好吃好喝伺候着。午后，烧一锅薄荷开水，放凉，灌进水壶里，让我送去田间地头。那些晒得皮肤黝黑，脸上滋滋冒油光的农人们，咕嘟咕嘟喝下一大瓢薄荷水，满足地打个嗝，疲乏一扫而光，又精神抖擞地投入劳作。

傍晚，外婆在院里铺上凉席，再去河岸搂一抱薄荷，用柴火引燃，湿薄荷青烟缭绕，蚊蝇虫蚁都绕道而行。我躺在外婆身边纳凉，数星星。月色盈盈，凉风习习，吹来薄荷的清香。

秋天，薄荷慢慢枯黄，直至冬天，完全消亡，令人忧伤。必须等到春天，才能再睹它的芳容。但是，家里从不缺薄荷，外婆早已将薄荷采摘、晾干、储藏。村里谁有个头疼脑热，咽喉肿痛，随时来寻，外婆总是慷慨相送。

爱国诗人陆游也对薄荷情有独钟，专门赋诗两首：《题画薄荷扇》其一："薄荷花开蝶翅翻，风枝露叶弄秋妍。自怜不及狸奴点，烂醉篱边不用钱。"其二："一枝香草出幽丛，双碟飞飞戏晚风。莫恨村居相识晚，知名元向楚辞中。"这两首诗，我早已烂熟于心，每每想起来，随口吟诵，便觉一股清凉的幽香，在鼻端萦绕。

看电脑久了，眼睛酸涩难受。端起旁边的茶杯喝水，猛然发现，玻璃杯里的薄荷已悄然发生了变化。薄荷根部冒出几许白须，叶间发出两枝嫩芽，嫩芽小巧，浅绿，犹如新生婴儿般的娇媚。原本不足十厘米的薄荷，长高了，长壮了，绿叶葱茏，亭亭玉立，就像一个小姑娘穿着一条绿裙子，凌波微步，悄然而至。

我把薄荷移植到花盆里，它的生命力实在强，很快就萌发许多新枝，蓬蓬勃勃。它的特立独行，光彩照人，使它身边那些柔弱无力的花花草草，黯然失色。

我喜欢在薄荷香氛中看书，幽香缠绕，提神醒脑。一日，突发奇想，顺手摘了两片薄荷叶放进咖啡杯里，咖啡香加上薄荷独特的清香，入喉清凉舒爽，精神振奋。从此一发不可收，每喝咖啡必少不了薄荷。没想到，无心插柳柳成荫，我多年的顽疾——慢性咽炎，竟不药而愈。我如获至宝，更为宝贝它了。为了让更多人知道薄荷的好，我广为推荐，慷慨分赠，受益者良多。从我家分枝出去的薄荷子子孙孙，无穷尽。

薄荷不仅能净化空气，驱赶蚊蝇，也可以泡茶，佐菜，入药。我家的薄荷非常神奇，多年来，从未见它开花。更神奇的是，它从不随季节变化而变化，四季常青，郁郁葱葱。

它的生命力实在顽强，不择环境，倔强生长。水培、土种都长得非常茂盛。薄荷寓意永不消逝的爱，小小香草，拥有大大的能量，绵绵不断地将这份爱洒满人间。

紫薇花开

闺密搬进新别墅一年多了,邀我数次,我都没办法抽出时间去参观。最后,她在电话里说:"楼下花园里,开了好多花。你再不来,它们都要凋谢了。"我立刻放下一切,飞赴约会。

闺密家的花园不大,花色品种却很丰富。杜鹃、月季、石榴、天堂鸟、紫藤……足有二十多种。这个不太爱花的闺密,啥时也转性了,把自家花园打理得绿肥红瘦,温馨漂亮,羡煞旁人。

她告诉我,是她老公请来专业园艺师打造的私家花烂漫。园艺师用心良苦,心灵手巧。住在这么美的花园别墅里,每天皆有绿色的植物养眼,四季皆有花儿如期开放。花园里最引人注目的还是那棵紫薇,初绽的紫薇花迎接着阳光,吐香喷艳,诗意烂漫。

站在紫薇花下,抚摸着紫薇光滑的树干,我不由得想起我的中学时光。陪我度过整个中学生涯的,是校园里的那三棵紫薇树。

我的教室在二楼,座位靠窗。我喜欢窗,更喜欢窗外的风景。窗外是一个小花园,园中有一条青石板路,通往教师宿舍。靠教室一侧,并排着三棵紫薇树,皆高丈余,枝繁叶茂。花朵宛若小巧的紫色降落伞,十几个降落伞簇拥在一起，形成一个大花球，几个大花球挤在一根枝条上，组成一个大花簇。每到花开，异常漂亮，香味淡雅。

我常依在窗边，看紫薇绽放着美丽，飘散着淡淡幽香；风低语着，鸟儿呢喃着，蜜蜂嗡嗡着。有时候，正上着课呢，突然转头，瞥见窗外不知何时飘起了小雨。斜斜的雨丝，轻轻敲打在紫薇树上。翠绿的叶，紫红的花儿，由于雨水的浸润，叶儿更加青翠欲滴，花儿更加娇媚动人。有时一阵风来，枝叶拂动，花簇抖颤，发出"飒飒"的声音，听起来那么悦耳，像一首动听的歌。我常看得痴傻入迷，身上常带着老师善意提醒的粉笔灰。

正午十分，紫薇花潮涌动，暑热熏蒸，校园里一片寂静。同学和老师们都在午休，而我却偷偷跑到小花园里去，独自享有那寂静、那鸟鸣、那花香、那徐来的清风。

花园里很清幽，紫薇树下一片阴凉。熏然的风，吹拂着我的头发。我觉得自己是最幸福的人，紫薇花为我而开，鸟儿为我而唱。整个的花园都属于我，美丽属于我，清风属于我，寂静属于我。在这世界皆睡，我独醒的夏日午间，我什么都不想，全然拥抱着这紫薇花下的美好与寂寞。

最怕夜里突来一场狂风雷雨。梦里梦外我都在为紫薇担忧，怕它们经不起暴风骤雨的摧残。第二天清晨，我直奔小花园。小花园里一片狼藉，紫薇的树干弯曲成弓，如箭在弦上，一触即发。紫薇花也垂头丧气地耷拉着，花瓣上的水珠像美人挂在腮上的泪珠；掉落地上的花瓣，像厚厚的紫红地毯。无可奈何花落去，我心戚戚矣。半天的课程讲了什么，如过眼云烟，不留一丝痕迹。午后，雨过天晴，紫薇抖落身上的水珠，挺直腰杆，重展笑颜，更加娇艳动人。我方如释重负。

晚自习，教室里的白炽灯光透出去，紫薇影影绰绰，将幽香一缕缕送入我的鼻翼。我忍不住溜出去，在蔷薇花下漫步。稀疏的花径，淡淡幽香，淡淡凄迷。那一长排教室里，全是勤奋的同窗们，正埋首读书、写作业。唯我一人徜徉在紫薇花下，不断有花瓣从头顶飘落，落了我满身。快到下课时，我才顶着一头一肩紫薇花瓣溜回教室。

紫薇花就这样伴我度过"为赋新词强说愁"的少年时代。转眼中学生涯结束，我远离家乡上学。母校的紫薇花常在我的梦中萦绕，几乎成了我的第二个乡愁。

"你喜欢紫薇，等你生日我送你一棵。"闺密的声音唤回我的神识。回头，她正端着一盘削好的水果，笑意吟吟跟我说。

我们坐在紫薇花下，我跟她讲了一个关于紫薇仙子的传说。紫薇仙子深爱着一位俊美的王子，但倾慕王子的美女如云，且都热烈大胆，深情告白。紫薇仙子只是远远地看着，默默地爱着。王子并不知道紫薇的心意。紫薇爱得热烈而卑微。有一次，紫薇远远看见王子朝紫薇园走来。她鼓足勇气，决定借此机会向王子表白。牡丹仙子突然出现，和王子依偎着，状极亲密。他们在紫薇花下漫步，卿卿我我，缘定终身。紫薇仙子怅然若失，心里苦涩无奈。但善良的紫薇仙子掩藏了自己的爱，默默祝福他们。紫薇仙子将这份深沉的爱洒向人间。只要有紫薇花的地方，紫薇仙子就会眷顾你，给你带来一生一世的幸福。

"这棵紫薇，是我老公送我的生日礼物。"闺密恍然大悟，用纸巾拭去眼角的泪。

烟雨荷花

七月流火，炎炎烈日下，很多花草树木，都垂头丧气地拉长了脸。她却顶着娇阳，傲然地挺立着，努力盛放着，鲜艳娇媚，亭亭玉立。在阳光的炙烤下，闪耀着五彩缤纷的光芒，给夏日增添了无限生机，带给人们一丝清凉与别样的景致。

她就是荷。《诗经·国风》中说："彼泽之波，有蒲与荷。有美一人，伤如之何？寝寐无为，涕泪滂沱。"池塘有荷，堤坝有蒲。倾慕的美女，许久未见，情迷神伤。男子将荷花当作相思的寄托，忧思伤感，睡里梦里，眼泪、鼻涕如雨般流淌。

我爱荷，虽不及古人般爱之入骨，因思念而涕泪滂沱。也心心念念，难解相思意了。

入夏，我就喜欢去城郊散步，那里有一方荷塘。堤岸杨柳依依，池塘里的鱼儿欢快地游曳。我每天带着期待，沿着池塘踱步。万物更迭，惊喜伴着每一次回眸。眼看着，一池清水，碧波荡漾，鱼儿跳跃。很快小荷露出尖尖角，已有蜻蜓立上头。不过几日工夫，已是满池碧绿，亭亭如盖。荷花初绽，一朵，两朵，三朵……直到荷花布满整个池塘，艳绝盛夏。

平日人影稀疏的荷塘，待到荷花开满池塘，人们蜂拥而来，赏荷拍照，笑语喧哗。我也会用一整天的时间，与荷相伴。荷叶田田，密密层层的荷叶挨挨挤挤。阳光下，绿叶红花分外娇媚，不知疲惫地为大自然增色生辉。水草晃动，荷叶下鱼儿游曳的模样清晰可辨。微风送来荷的清香，令人心旷神怡。游人如织，挤挤挨挨，热情洋溢，像参加节日的盛典。

一场不期而遇的雨，淋跑了游人。我反而放慢了脚步，漫步在氤氲烟雨中，如此，才能看到不一样的荷。斜风细雨，如丝如烟，袅袅烟霭密密地笼罩着荷塘。斜风细雨，烟雨荷花，如一幅水彩画，别有一番风味。

雨水驱散了暑气，带来些许清凉。荷叶上蓄积了雨水，水珠在荷叶上溜溜滚动，晶莹剔透，像一颗颗漂亮的珍珠，闪烁着明洁的光点。微风徐来，莲叶微斜，几颗顽皮的水珠往水中一跳，惊跑了藏在荷叶底下的鱼儿，真是"一阵风来碧浪翻，珍珠零落难收拾。"我很自然地想起周邦彦的那首《苏幕遮》："叶上初阳干宿雨，水面清圆，一一风荷举。"清晨的阳光投射到荷花的叶子上，昨夜花叶上积的雨珠很快就溜掉了。清澈的水面上，粉红的荷花在春风中轻轻颤动——举起了晶莹剔透的绿盖。远远望去，仿佛一群身着红裳绿裙，踏歌起舞的江南女子。

亦想起那个关于荷花的凄美传说。相传天宫中王母娘娘的侍女玉姬，看到人间风景优美，男男女女成双成对，男耕女织，幸福美满。玉姬思凡心动，下凡游玩，误入西子湖畔。西湖旖旎的风光让她流连忘返，误了回宫时辰。王母大怒，将她打入淤泥，永世不得重回南天门。玉姬没有哀求，没有屈服。虽身陷淤泥，依然开出圣洁的花来。

雾雨蒙蒙，雨打在荷叶上发出沙沙的悦耳声。荷迎风玉立，从浓密的叶间，探出一张张粉脸，迎接着雨丝的浸润。那娇俏的脸庞更加清纯，顾盼生姿，摇曳生辉。玉姬既来之则安之，将自己深深扎根于淤泥中，"出淤泥而不染，濯清涟而不妖。"她纯洁、美丽、坚韧，默默绽放最美丽的花朵，出淤泥而圣洁无瑕，洒清香而一枝独秀。

曼珠沙华

我被一片红惊艳到了，就在一个向阳坡上，那棵大树底下。一片血红，像一蓬燃烧的野火，却不见青烟袅绕。一路同行的同事们争执不下，决定上山去一探究竟。

看似近在眼前，实则遥远。山路曲里拐弯，陡峭难行，而且荆棘丛生。我们爬得很艰难，花了二十多分钟才上得山来。那一片红，不是血，不是火，是一片花红。走近了看，更是红得热烈，红得妖艳，像啼血的杜鹃用鲜血染红了那片山。我们爱极了那片红，恨不得把它们全部搬回家去。我们三个爱花如命的女子，每人摘了一大捧，抱了满怀。

几个女人颇为得意，以为除了我们几个，没人见过这么漂亮，这么与众不同的花儿。城里花店多如牛毛，花色品种繁多；街边绿化带、公园、小区也繁花似锦，独未见过这种血红鲜花。

它是真的独特，一根长长的绿色茎杆顶端，六朵小花圈成伞状。花瓣像一个个苗条的姑娘，身段柔软曼妙，向后360度弯腰，卷曲成波浪。花蕊比花瓣还长，如纤纤玉指，将花瓣捧在手心，像捧着一团火。

回城，我们仨各自抱着一团火，招摇得意。人们睁大眼睛，张着嘴，被花儿的美惊呆了，忘了呼吸，忘了迈步；有的像被施了定身法，动弹不得；甚至还有人避之不及，像是害怕被这团火给引燃了。花儿映红了我们的脸颊，我们仨笑得像怀里的花儿一样灿烂。

刚进家门，母亲看到我，大惊，脸色突变。她接过我的包，却把我往门外推。我讶异，母亲一把夺过我手里的花儿，用黑色垃圾袋裹得严严实实，迅速丢进门外的垃圾箱里，我惊得瞠目结舌，平日里温婉的母亲见到这花，为何如此惊慌失措呢？

我欲开门救花儿，母亲伸开双臂挡住门，怒目圆睁，像革命志士，大义凛然。她斩钉截铁地对我说："你带啥花花草草回来我都不反对，唯独这种不行。"

"为什么？"我惊叫，带着委屈、不解甚至愤怒。

母亲依旧堵着门说："曾经在我们农村老家，这种花开得漫山遍野。可村里年长的人看到一次铲一次，一年又一年，多年之后就绝迹了。"

"离离原上草，一岁一枯荣；野火烧不尽，春风吹又生。"野花野草的生命力多么顽强啊，野火都烧不尽。可是他们却如刽子手，竟然将这么美丽的野花给斩尽杀绝了，可见人要恶毒起来有多么可怕，人类的破坏力是多么强大。我叹息，无力争辩，弱弱地问："为什么？究竟有什么样的血海深仇，人们竟将它们斩草除根？"

"我也说不清为什么，常听村里的老人说，这花不吉利。好像跟死亡、灾难、亡魂之类不好的东西有关联。反正你记住，以后不要带它们回来就好。"母亲说完转身进厨房忙去了。

母亲似是而非的解释，更是让我如坠五里云雾。看母亲前所未有的严肃认真，我也不敢将花捡回来。我直奔书房，翻资料找答案，这一查，才发现，原来它们真的是"不吉利的花。"

相传很久以前，一个女子叫曼珠，一个少年叫沙华。不知什么原因，上天惩罚他俩永生永世不得相见。但他们相互倾慕、惺惺相惜，不顾上天的规定偷偷见面。曼珠和沙华一见钟情，私订终身，相亲相爱，发誓永不分离。后被上天知晓，天庭降下最狠毒的诅咒，既然你们不顾一切地要在一起，就将你们变成一株花吧。只是这种花非常独特，叶生不见花，花开不见叶，生生世世，花叶两相错。

曼珠沙华的花儿如烈焰红唇，极其美丽妖艳。曾也有人因为喜爱，将它们带回家，那人却莫名死去。也许只是机缘巧合。但从此，人们将曼珠沙华视为"死亡之花"。

曼珠沙华常生长在坟头、石缝等阴暗、阴森的角落里，人们更认为它是"黄泉路上的花"。它们艳如血红残阳，有一种妖艳、灾难、罪恶、离别与死亡的不祥之美。人们看到它，就像看到妖魔鬼怪，看到洪水猛兽，看到死神降临，都避之不及。有的甚至除之而后快。曼珠沙华夏天长叶，秋天开花。叶落花开，花谢叶生，花叶永不相见，生生世世，永久轮回。

曼珠沙华情比金坚，却缘定生死。我心中涌起莫名的悲凉、愤怒与哀叹，为美丽却不幸的曼珠沙华而悲，为上天的冷酷无情而怒，为人们的无知迷信而叹。

第二天上班，两个女同事向我吐槽，她们的遭遇与我别无二致。我们仨视为宝贝的花儿无一例外，全都葬身垃圾桶。汪茜更夸张，与公公婆婆一言不合，差点发生家庭内战。我顿感无比凄凉，无语凝噎，曼珠沙华不得人心到如此地步，这是多大的悲哀。

每到曼珠沙华盛开的季节，我和汪茜都会相约去那片向阳坡。我们再也没摘过一枝曼珠沙华，只是情不自禁地想看看它们，陪着那片红，静待时光的流逝。曼珠沙华依然灿烂绝美，似如血残阳，如燃烧的火焰。多年过去，曼珠沙华隐忍、坚持，叶落花开，花谢叶生，生生不息。感谢当地村民的不杀之恩，让曼珠沙华一息尚存，让我们和它们一期一遇，相爱相随。

如今，科技发展日新月异，人类认知也日益提高。更多的人已能理性地看待曼珠沙华，它们慢慢出现在一些公园里。国家医药部门也开始研究它的药用价值，并大量种植，广为利用。曼珠和沙华若有灵，也稍感欣慰了吧。

竹影摇曳

每隔一段时间，我喜欢独自一人，到处走走。我只是想要摆脱人世纷烦，想要逃离柴米油盐，想要放空自己，做一个自由自在的人。一个人在人影稀少，景色如画的幽静之地，无拘无束，什么都可以想，什么都可以不想，任思绪神游。我边走边看，看看蓝天，看看白云，看看花，看看树，甚至只是摸摸路边无名的小草，郁闷的心情便逐渐宁静，烦虑逐渐澄清。

周日，午后，阳光正好。我又一个人出了门。一路上，人多，吵杂。我急于避开这嘈乱，于是不停地走，漫无目的地走。阳光灿烂，和风送暖，道路两边，小草微笑，花朵曼舞，修剪整齐的矮株灌木静默。花香、草香、暖风，一路相随。

我越走越远，行人越来越稀少。阳光照在身上，格外温暖，我的思绪已神游千里，人已不知不觉来到了郊外。山间十分幽静，满眼山野春色，是城里无法窥见的美景。

山坡上杳无人踪，一片竹海，翠色欲流，长青不败。竹子修长秀逸，风姿潇洒，不屈不折。风穿过竹林，竹枝轻摇曼舞，竹影婆娑，发出沙沙的声音。金色的阳光透过竹梢，洒下来，光影在我身上乱舞。清脆的鸟鸣，更显得竹林的幽静。鲜嫩的竹笋冲破重重阻力，争先恐后从地底爬出来，挺着笔直的腰杆，蓬勃向上，这些新生的力量将以燎原之势，很快长到拂云之高。

远远传来隐隐的鸡鸣狗吠声，充满乡土气息，却看不见人踪与农舍。青萝枝叶拂着我的头顶，我在竹林流连，茫然不知归路。一只土狗慢慢向我踱来，我吓得蹲下身子，它也停下脚步。我们长时间对视着，它不愿走，我不敢动。

良久，土狗终觉无趣，踟蹰离去。

竹影在我身上摇曳，我感到光线暗了下来，有些胆寒，不敢继续往竹林深处举步。正犹豫是前进还是撤退。那狗返回，后面跟着一个青年男子。

我转身欲逃，又不敢贸然行动，怕激怒那人那狗。

"你是迷路了吗？"对方发问，语气里带着善意。

我看着虎视眈眈的土狗，高大魁梧的男子，进退两难。

他看出我的恐惧，说："你别怕，我不是坏人。"

坏人脸上没写字，越是坏人越喜欢标榜自己是好人。

许是看出我的紧张，他拍拍土狗的头，狗飞奔而去。

我和他就那样对峙着，他不动，也不说话，我也不动，不说话。

土狗又出现了，后面跟着一中年妇人。

她一见我就热情地打招呼，像熟识已久的朋友："妹子，我和儿子正在挖笋呢，你也来挖点回去吃，又嫩又鲜。"语气诚恳，笑容真挚。

挖笋？我来了兴致，放松了警惕，跟着他们走。

男子递给我一把锄头，锄头很重，我几乎抬不起来。怕他们笑话，我学着他们的样子。使出吃奶的力气，竹笋巍然不动。胖娃娃似的笋咧开大嘴，像是在笑话我的无能。

"我们的笋可好吃了，城里的饭店、超市都争着抢着收我的货呢。"

大姐手脚不停，嘴也不停地说，根本没注意到我的窘迫。

母子俩动作干练，一锄一棵。嫩笋很快堆成小山。

他们放下锄头，席地而坐，开始剥笋。这时大姐才发现，我跟一棵笋干了半天，还一无所获。她笑了，"这挖笋的活儿啊，不光考验耐心，还得用巧劲，不能蛮干。"大姐站起来手把手教我，锄头贴着地皮和笋脚，一锄下去，用手一拔，很轻松就挖出来一棵。

通过大姐的指点，那棵跟我较劲半天的笋终于束手就擒。接下来，我如虎添翼，接连俘获了好几根胖胖的嫩笋。

原来做任何事情，要善于动脑筋，方法不对，努力白费。

母子俩剥笋也是一大奇观，双手上下翻飞，枯黄的外衣倏地一下就被脱掉了，露出如白玉般的笋干。我看得眼花缭乱。

太阳慢慢向山脚滑落，竹林阴暗下来，风带着些许凉意。土狗趴在笋堆旁，打着鼾，它正做美梦吧。

我向他们辞行："大姐，你们慢慢忙，我该回去了。"

"知道怎么回去吗？"妇人问。

"当然是原路返回啊，沿着来时的路走，不会迷路的。"

妇人笑了："这里离市区可不近。我儿子要送笋下山，让他载你下去吧。"

男子憨厚地笑着点头。

母子俩找来塑料袋，非要给我装笋，我坚辞不受。可他们比我还固执，不由分说，塞了一大袋给我。

辞别善良的大姐，坐在摩托车后，风声呼呼，长发飞扬。我心情舒畅，真想高唱"我欲乘风归去"。我的灵魂已然得到解救，所有的烦恼早已烟消云散。生活琐事像退潮后的海滩，被浪花冲刷得不留痕迹。心里只有美好的祝愿与感恩。乡村景色优美，农人善良朴实，连在我印象中，凶狠无情的土狗，都那么温驯，善解人意。

不死鸟

朋友们笑我是"多肉杀手"，孩子们也如是调侃。他们一路见证了作为花痴的我，是如何养死一盆又一盆多肉植物的。养过那么多种花，唯多肉是最让我失败伤心的。

多么健康苗壮，呆萌可爱的多肉植物，在我手里都没活过一年。我那么精心，用心，费心，像呵护娇嫩的婴儿。含在嘴里怕化了，捧在手心怕摔了，最终它们还是难逃厄运。我请教过无数花店店主、园艺高手、百度百科，养花秘诀记满了半个笔记本。用尽洪荒之力，还是养不好一盆多肉。不知是多肉的悲哀，还是我的悲哀。

多肉是我的一个劫。此后，再逛花店，我都努力克制，不要冲动之下，又将心仪的多肉买回去。精心培育数月，最后静悄悄地枯萎、腐烂、泯然于土。

一日，汪茜神神秘秘地给我一个小不点，让我回家养起来，说是它会给我惊喜。小不点躺在我的手掌心，像一棵袖珍树苗，有四片叶子，两两相对，叶片小小胖胖的，根须挺丰富。我回家就找了个闲置花盆栽下之后，便放之任之。没想到，多日之后，无意间看到，它竟然长高了，叶子越长越大，越长越肥厚。肥厚的叶片边缘呈锯齿状，每个凹齿里逐渐冒出来幼嫩的植株，带着根须。每根嫩苗都长着四片叶子，像一群小蝴蝶，飞落叶片边缘，整整齐齐地排列、栖息；也像巧手绣娘刻意给每张叶片绣上蕾丝花边，美得惊艳。

我小心翼翼地将叶片上的小植株剪下来，小小巧巧的一棵，与当初汪茜给我的那棵袖珍植株一模一样。我把剪下来的小东西放在土里，观察它的变化。它也很快扎根、长大。我种下一个希望，它真的还我一个惊喜。

我向汪茜讨教，她笑说，那也是多肉植物，名字叫"不死鸟"。我惊疑，欣喜，我终于也能养好一棵多肉了？！

不死鸟有一个凄美的传说：传说傣族有一对青梅竹马的情侣，女孩青春靓丽，男孩英俊潇洒。女孩被部落头领看上，不择手段抢去。女孩誓死不从，被折磨致死。男孩伤心欲绝，发誓为女孩报仇雪恨。男孩杀死头领，去女孩坟头祭奠时，发现坟头长满叶片肥厚的野草。男孩在墓前痛哭哀悼，坟墓突然裂开，女孩竟然活着走了出来。他们结为夫妇，四海云游。他们每到一处，就免费为人们治病，所用的药材就是坟头出现的那种肥厚的野草。后来人们为了纪念这对夫妇，称这种野草为"不死鸟"。

不死鸟深得人们喜爱。它是一心一意对待感情，永不变心的爱情草；是吉祥如意，大吉大利的吉祥草。它能解毒消肿，活血止痛，拔毒生肌，具有很高的药用价值。它不择环境，生命力顽强，有土的地方，就能成活。人们也叫它"落地生根"，因为不管他是落到寸草不生的屋顶，还是被风带到峭崖绝壁，所到之处，都能快速生根发芽。

不死鸟也是会开花的，花朵像倒挂金钟，非常漂亮。只是开花之后，它就逐渐枯萎，死去。叶片落在土里，又生根，发芽，且深深扎根下去，繁育出更多的子孙后代。不死鸟的生命力如此顽强，很多人亲切地叫它"打不死草"。

可我种下的"不死鸟"一直不见开花，不知是什么原因。我反而暗自庆幸它们不开花，我不愿接受它们短暂的灿烂后，黯然死去的凄凉。它们不开花也那么美。

不死鸟的顽强成全了我一颗爱多肉的心。我学习不死鸟的精神，叶片上繁育的小小不死鸟，被我剪下来，送给同事、朋友、邻居、亲戚。借由它们，给更多的人带去吉祥，如意，爱和美好。

第三辑　栀子同心好赠人

甜蜜的流浪

小时候在乡下，总是和村里的小伙伴们，满山遍野地疯跑，消耗着永不枯竭的精力。那个年代物质匮乏，我们最钟爱的玩具只有野花、野草、泥巴和广阔无垠的天地。

春暖花开，到处山花烂漫，尤其是油菜花开得如金黄海浪，漫过田地，漫过房檐，漫过山脊。房屋、牛羊、人们都像在金黄色的海洋里荡漾着、漂浮着。

我和小伙伴们在油菜田里追逐打闹，身上落满金黄色的采花粉。谁也没有注意到，一群蜜蜂向我们飞来。等我们发现敌情时，蜜蜂已到了跟前。小伙伴们吓得魂飞魄散，屁滚尿流，恨不得插上翅膀，飞得比蜜蜂还高、还快。我年龄最小，知道自己跑不过它们，索性不跑了，双手抱头，趴在地上，瑟瑟发抖。万万没想到，蜜蜂们对其他小伙伴们情有独钟，弃我而去。几个伙伴被蜇得鬼哭狼嚎，哭声震天。哭声惊动了大人们，他们冲出来察看。几个小朋友不同程度地被蜇伤，脸、手迅速红肿起来。

一个陌生的中年男人赶来，点头哈腰，不住地道歉，递烟、点火。他诚恳地安慰家长们："这是家蜂，没什么毒性。把刺挑出来，抹点牙膏，过两天就会消肿的。"农村人简单朴实，见人态度谦卑，也没人跟他计较，各自领了孩子回家。

和陌生男人一起的，还有一个稚气未脱的少年，据说是中年人的儿子。他们不知道何时来此？从何而来？因何而来？就那么神奇突兀地出现在我们村里。他们住在油布帐篷里，四四方方的木箱排放在田埂上，排了一长溜，我数了数，足有二十多个。外婆告诉我，他们是流动放蜂人，蜇人的蜜蜂就是他们带来的。

小伙伴们被蜜蜂蜇怕了，总是远远地绕开他们。放蜂人、蜂箱、"嗡嗡"漫天飞舞的蜜蜂，对我却有着极大的吸引力。每天我都要悄悄去看他们，对他们的生活和工作，充满好奇。他们衣着整洁、皮肤黝黑，常戴着奇怪的帽子。帽檐上罩着洁白的纱幔，像极了姐姐图画书里的阿拉伯人。他们在野外做饭吃，炒菜的香味直往我鼻孔里钻，馋得我的肚子咕咕叫。我对他们四海为家的浪漫生活，充满向往。这一刻，我只恨自己是个女孩，否则，我会义无反顾地跟他们去流浪。

午后，大人们都习惯午睡，孩子们也被迫同睡。我一个人偷偷爬起来，跑去养蜂场。阳光正好，天空湛蓝，白云悠然，油菜花金光灿灿，花浪翻滚，蜜蜂在花丛中忙碌着。我远远地看着，不敢走近。帐篷里安安静静，放蜂人似乎也进入了甜美的梦乡。

我藏在茂密的油菜地里，蜜蜂在我面前飞来飞去，我认真而专注地看着它们。一只蜜蜂停留在我面前的菜花上，嘴里伸出一根长长的针钉在花蕊上，还不停发出嗡嗡之声。我突发好奇心，想要抓一只来玩玩。正专心采蜜的蜜蜂猝不及防，我手到擒来。还没来得及高兴，一股钻心的刺痛从指尖传来，我赶紧丢掉蜜蜂，捧着手指哇哇大哭。哭声惊醒了篷里的人，父子俩都跑了出来。他们急切地安慰我，用针挑出我手指上的刺，抹上牙膏。手指眼见着越肿越高，像一根红通通的胡萝卜。我一直嘤嘤地哭，少年不停地安慰我。越安慰，我越委屈，哭得不依不饶。中年人递给我和少年一块"饼"，我没见过这样的饼，不敢接。少年吃给我看，我学

083

着轻轻咬了一口，甘甜爽口。我从未吃过这么好吃的"饼"，立刻忘了痛，大口吃起来。外婆找来，我将吃剩的"饼"献宝似的递给外婆，脸上还挂着泪珠。

手指几天之后才消肿，我和少年成了朋友。每天清晨一睁眼，就跑去找他玩。他不时拿一小块"饼"给我，告诉我，这个是蜂巢蜜；他让我戴他那顶神秘的帽子；带我观察蜜蜂是如何工作和生活的；让我凑近蜂箱，细看里面神奇的世界。

他反复告诫我，看到蜜蜂不要怕，也不要跑。蜜蜂不会随便蜇人，它以为有人要伤害它，它才会先下手为强。而且蜜蜂只会注意移动中的物体，对固定不动的东西是注意不到的。以后不管何时何地遇到蜜蜂时，只要保持静止不动，它就不会蜇人。从那时起，我就明白了一个道理：不要伤害任何动物，人与动物要和谐相处，善待动物就是善待自己。

不知道为什么，一向早起的我，那天竟然睡过了头。快到中午我才赶去养蜂场，帐篷、养蜂人、蜂箱杳无踪影。那被帐篷和蜂箱压倒的青草地、做饭挖的灶坑，还赫然在目。我大为吃惊，坐在地上大哭，像失去了最心爱的宝物。他们什么时候走的？为什么静悄悄的不告而别？ 外婆将我背回家，拿出一罐蜂蜜和几块蜂巢蜜，说是少年送我的。不是人家不跟你道别，是你自己睡得太死，我叫都叫不醒。我听罢，追悔莫及，再一次大哭。

从此，我再也没见过放蜂人。放蜂人的善良、勤劳，四海为家的浪漫，深留心底。

扛在肩上的房子

小时候，稻谷收割之后，稻田里无法避免地会遗漏很多稻子。很快，赶鸭人就带着房子和鸭子来了。房子扛在肩膀上，一大群鸭子排着队伍跟在后面，浩浩荡荡地涉水而来。

赶鸭人"嚯，嚯，嚯"地吆喝着，鸭子们"啪嗒、啪嗒"地奔跑着，水花溅起老高。所到之处，河岸两边站满看热闹的大人、小孩，像是什么喜庆的节日，人人奔走相告："鸭棚子来了！鸭棚子来了！"

我家屋前有一条蜿蜒的小河，一片辽阔的沙滩。赶鸭人就驻扎在河边沙滩上，他先将扛在肩上的房子安置好，接着在房子旁边扎一圈儿竹篱笆，那是鸭子们晚上栖息的地方。

傍晚，鸭子们整齐有序地进入竹篱里面，竹篱里面太狭窄。鸭子们你推我挤，"嘎嘎"地争吵不休。入夜，它们才倦极入眠，整个河滩沉寂下来，听不到一丝声响。

赶鸭人在鸭棚子外面做饭吃。挖个土坑就是灶，柴火随处可拾，蔬菜是从外婆的菜园里摘的。一饭一菜，非常简单。偶尔炒一次鸭蛋，那香味从河滩飘向整个村庄，勾得大人孩子们直咽口水。

当时的农村，鸡和鸡蛋是最常见的。我从未见过鸭子，更没吃过鸭蛋。闻到香喷喷的炒鸭蛋的香味，我的馋虫直往外钻。我问外婆："我们村为什么从没见过鸭子？我们家为什么不养鸭子呢？鸭蛋什么味儿？"

外婆的回答让我思考很久，还是懵里懵懂。她说："我们都不养鸭子。如果家家户户都养鸭子，那些扛着草房子，赶着鸭子到处跑的人就没饭吃了。"

养鸭人端着饭碗，踱到我家门口，与外婆闲聊。我眼巴巴地看着他，香喷喷的炒鸭蛋香直逼我的鼻孔，我下意识地咽了咽口水。他笑一笑，拨一些鸭蛋在我碗里。金黄色的炒鸭蛋，香味扑鼻。是我吃过的最好吃的美食之一，一辈子难忘。

外婆源源不断地向养鸭人提供新鲜蔬菜，坚决不收分文。养鸭人投桃报李，不时硬塞一两个鸭蛋给外婆，这些鸭蛋全都变成了我的美食。那段时间，我是村里最幸福的小孩。

我亲眼见到养鸭人，将鸭蛋敲一个小洞，从洞口里吸食生蛋液。吃过的鸭蛋壳，顺手扔进河里，蛋壳浮在水面上，载沉载浮。路人看见，以为是养鸭人漏捡的鸭蛋，开心极了，捡起来才发现是空蛋壳，恼怒地扔回河里。

自从赶鸭人来到村里，村里的孩子们总喜欢到河滩上玩。孩子们都对鸭子和赶鸭人感到好奇。那样的穷时代，家里养的鸡、下的蛋都被大人拿到街上，换成盐巴、煤油或者攒起来交书学费了。除了生日、生病，难得吃到几次鸡蛋。

孩子们整天围着鸭棚子转，眼巴巴地到处瞅，渴望着能捡到一两个赶鸭人漏掉的鸭蛋。当他们看到河水里漂浮的蛋壳，误以为是鸭蛋，暗自窃喜，却又不动声色，生怕被赶鸭人看到了。夏季，河水猛涨，有的地方深及成年的胸部。孩子们深深地被鸭蛋吸引着，跃跃欲试。无奈，河流湍急，想尽办法都够不着。

村里最调皮最大胆，也是家境最贫困的小男孩刘三，看见河里的鸭蛋，两眼放光。生怕别人抢了先，"扑通"一下跳进水里，水立刻没顶。岸边的孩子们吓得哇哇大哭，大人们都去山坡干活了。赶鸭人正在河边不远处的稻田里照看鸭子，听到孩子们异常惊恐的叫声，飞奔而来，将小男孩捞了起来。刘三父亲对赶鸭人磕头作揖，感恩戴德。

赶鸭人心下疑惑，悄悄问我刘三溺水的起因，我将自己看到的都告诉了他。他吓得脸色都变了，既害怕又内疚。此后再吃鸭蛋，不再乱扔蛋壳，而是把蛋壳揉碎深埋进土里。

也许因为村里所有的稻田都被鸭子们光临数遍，再也无食可觅了。也许因为无意中差点酿成大祸，深感不安。赶鸭人匆匆拔寨起营，扛着房子，带着浩浩荡荡的队伍，继续沿河行军。河岸又陷入了沉寂，望着空旷的河滩，我的心怅然若失。

如今，流动鸭棚子已然绝迹，农村家家户户都开始大量养鸡鸭鹅。生活条件好了，各种蛋类不再是稀罕物。赶鸭人、扛在肩上的房子、列队疾行的鸭子们和那段岁月却留在了我的记忆深处，不时想起来，遥远而温馨。

丢失的花花

应朋友之约，去他乡下老家玩。看到邻家小姑娘，我如遭雷击，动弹不得。她脖子上的项链，手腕上的手串，似曾相识。她那双明亮忽闪，似乎会说话的大眼睛，也似曾相识。

朋友见我两眼发直，如遭魔怔，赶紧递给我一杯热开水压惊。我低头喝水，再抬头，那女孩已不见影踪。小女孩的惊鸿一瞥，让我久久无法平静。那熟悉的首饰，熟悉的眼神，熟悉的年龄，勾起我儿时的记忆。

在我老家的河边、沟渠里，有一种野生植物，有半人多高，根茎叶都呈翠绿色，叶细长，花细小如米粒，结的果子也是翠绿色的，豌豆大小的圆珠子。果子成熟后，变成灰黑色或纯黑色，质地坚硬，油光闪亮，非常漂亮，大人们叫它"打碗籽"。村里的小女孩将它穿成项链、手链戴着玩；男孩子把它们当作"子弹"，用弹弓相互弹射。

大人们说打碗籽是杂草，不但百无一用，而且还是祸害。小孩戴着它，吃饭时会摔破碗。他们只要见到这种植物，必会除之而后快。

村里有个姑娘叫小花，比我大三岁，是我最要好的玩伴。我们在人影稀少的沟渠边发现了漏网之鱼——一垄打碗籽草。我俩欣喜若狂，拉钩发誓，对它严加保护。生怕被大人看见后铲除，被其他小孩看见据为己有。我们浇水施肥，悉心照顾，耐心地等待它成长、开花、结果、成熟。

日盼夜盼，打碗籽终于成熟了，颗粒饱满，珠圆玉润，像黑珍珠熠熠生辉。阳光下，散发着油亮亮的光。我们按捺不住，趁大人们午睡之际，溜出来摘取胜利果实，带着欣喜与骄傲。成熟后的打碗籽，坚硬光滑，珠子天然中空，有几根坚韧的草芯，从中间一穿而过。只需将草芯抽出来，用线将珠子穿连起来，就是一串很漂亮的珠链了。

我和小花将打碗籽全部摘下来，装满了衣兜。我们席地而坐，我抽芯，她穿珠。忙活了一中午，我们俩分别拥有了一串项链、两串手链。我们戴着这些纯天然、乌黑闪亮的首饰，心里美滋滋的。我们俩东家窜，西家游，到处招摇，风光无限。

我们在村里炫耀了一圈儿，各自回家。吃晚饭时，我一不小心，将刚端上桌的碗拂到地上，摔成一地碎片。碗里的热汤洒到我的脚上，脚背立刻红肿起来。妈妈气急败坏，认为都是打碗籽惹的祸，收缴了我的首饰。我委屈又心疼，哭着不肯吃饭，妈妈又将首饰还给了我。

第二天，才听说，当晚小花也摔破了碗。她爸爸不但将她的首饰扔进灶膛烧毁，还把她打得下不了床。小花的妈妈是个智障，什么都不会做。一个家全靠爸爸一个人支撑。孩子又多，家里常穷得揭不开锅。小花小小年纪，就承担了很多家务。做饭、洗衣服、打猪草、喂猪，全是她一个人的任务。她爸爸脾气暴躁，动辄打人，挨打对小花来说是家常便饭。

这件事之后，我们再没见面。我俩是共犯，加上脚疼，我不便，也不敢去看她。

没多久，妈妈告诉我，小花失踪了。原来，小花的爸爸让她赶集卖鸡蛋，换盐和煤油回来，结果一去不返。有人说她拿着卖鸡蛋的钱跑了，有人说她被人贩子拐卖了，村里议论纷纷，不一而足。

直到我离开家乡上学，她还是杳无音信。虽然村里帮忙报了案，她父亲并不热衷寻找，后来不了了之。

她的失踪，在村里只激起一小朵浪花，很快波平浪静。我却一直内疚、心疼。对于沉默、隐忍的小花，我更相信她是离家出走。我固执地认为，她失踪的导火索，就是我们共同制作的那些打碗籽首饰。是那些首饰使她摔破了碗，让她挨了皮肉之苦，萌发了离家出走的想法，并且很快付诸行动。我后悔不该让她戴打碗籽，更后悔在她挨打后最痛苦无助之际，没去看看她，陪陪她。

如今，我已人到中年，明白小孩子吃饭摔碗，并不是打碗籽的错。小花依旧杳无音信，她的母亲早已故去，父亲也已老去。村里所有人都忘了，村里曾有个叫小花的大眼睛姑娘。

谁能想到，普通的野草籽竟会让一个小女孩付出一生的代价，会让一个贫穷的家庭失去一个乖巧听话的孩子。小花已然成为我灵魂的一部分，梦里梦外魂牵梦萦。此生此世，不知还能否重逢？

尘封的树叶

小儿最近迷上了看课外书。他爬上书架，从书架最顶端取下一本陈旧的小人书，是我小时候的连环画。此类古董，现在已很罕见。小儿好奇地翻开，从书里掉下半片树叶。叶片早已褪去它原本的色彩与亮丽，已然变成了灰褐色。我疑惑着捡起来，一段尘封的记忆浮上水面。一个瘦小纤弱的小女孩，赫然站在我面前，泪水盈盈，依依惜别。

叶子是很普通的银杏叶，只有半片。另外一半去了哪里？它是否还被珍藏在一个中年妇人儿时的旧书里？抑或是早已归于尘土？三十多年了，叶子的春色似乎还没有褪尽，还流漾着春光，寄托着深情。

那年，我十岁，她十二岁。转校的消息来得太突然，突然得来不及好好告别。我和她站在学校门口，执手相看泪眼。门外站着她的母亲和弟弟。

"快点！快点！客车可不等人。"她妈妈不断催促。

她不理。拉着我的手，不停地说，泪水止不住地流。

我也说，我也流泪。我们都说了些什么，早已不复记忆。可那一场生离死别似的告别，却深入骨髓。

"快点！坐不了进城的客车，就赶不上晚上的火车了。你快点啊！"她母亲接连催促。"小小年纪，哪那么多废话。"她母亲小声嘀咕，狠狠地瞪了我一眼，目光怨毒，似乎怪我羁绊了她们离开的脚步。

她母亲的目光深深地刺痛了我，我狠狠地推了她一把，"你走吧！别忘了给我来信。"

她将她自己最喜欢的小人书塞进我怀里。转身欲走，眼角余光瞥见一树浓绿。她踮起脚尖，摘下一片墨绿色的银杏树叶，从中间撕开，递给我一半，另一半珍重地夹进自己的书里。就这样，她匆匆决定了这片银杏叶的命运，也决定了自己的命运。

跨出铁门，她母亲破口大骂，还顺势踢了她两脚。一把拽着她，像拽过一件随身行李，飞奔而去。

她们母子仨举家搬迁贵州，听说是投奔远房亲戚。具体去贵州哪里？估计她也不知道，我也忘了问。

这一别就是三十多年。说好的，到了地方，就写信来。我始终未收到来自贵州的，关于她的，只字片语。

小时候，我家就住在小学校园内的教师宿舍。校园外面有一条大河，由东向西，终年不息。河水清澈，可清楚地看见河底的鹅卵石、游曳的小鱼儿。放学后，我常独自一个人溜到河边去，河水清晰地映照着我孤独的影子。我喜欢捞水里漂亮的小石头，运气好，还能摸到小鱼或小螃蟹，带回家用玻璃瓶养起来。

每次去河边，我都会带着一本书。看书，只是幌子，很多时候，书根本没有打开。就算翻开书，也读不了几个字，就被水里的鱼儿、鹅卵石、岸边的野花、蚂蚁吸引了去。

有一次，我玩得正兴起，突然听到凄凄嘤嘤的哭声。这空旷宁静的天地，一向是我一个人孤独的乐园。哪里来的声音？我到处寻找，岸边一蓬黄荆丛里，一个小小身影，缩成一团，正在偷偷哭泣。

她也发现了我，立刻像刺猬，竖起全身尖刺，警惕地瞪着我。我装着没发现她的秘密，默默转身离开。

她就这样闯入我的天地，闯进我的生活。

此后再去河边，常碰到她。我们各玩各的，互不理睬。撞破她痛哭，只有那一次。此后，再没看见她哭，更没见过她笑。

课间操，像开闸泄洪，人流如潮。我们蓦然相撞，都很意外，我们竟然在同一所学校上学。下意识地相视一笑，像是多年的好友，心照不宣。

再在河边碰到，我们很自然地玩在了一起。她告诉我，她叫游敏，普通的名字，普通的女孩。我们同校不同班，她比我高一年级。她的家就在学校后面的村子里。每天放学，我们都相约河边。

游敏主动告诉我，那次哭，是她父亲去世了。肝癌晚期，四十二岁。我很吃惊，呆呆看着她，不知道该说点什么来安慰她。"他是疼死的。"游敏幽幽地说，泪水涌上她的眼眶。

"咦，看，那儿有鱼。"我假装听不懂她的话，看不见她的泪，迅速蹬掉鞋袜，蹚水追鱼。

游敏父亲走后，本就贫穷的家，日子越来越难以为继。母亲的脾气越来越暴躁，她成了母亲发泄情绪的工具，动辄挨打受骂。每天放学后，她总是磨蹭到天黑才回家。

我们在一起，除了玩，也一起做作业，交换对方班里的趣事。我不时带一颗水果糖给她，她很意外，很惊喜，眼里会闪光。她说自从父亲去世，她再也没吃过糖，都忘了糖是甜的还是咸的了。她说我是她唯一的朋友，唯一真心对她好的朋友。

直到有一天，她告诉我，她很快会离开学校，离开家乡。我急问为什么？她沮丧地说，母亲准备带她和弟弟，投奔贵州的亲戚。她当然不愿意离开家乡。她母亲就骂，这事儿由不得你。继续待在这里，我们只有一起饿死。我问，什么时候走？她回答，应该会等我小学毕业吧，毕竟也快了。

后来，游敏哭着告诉我。村里疯传，贵州有个老光棍愿意接纳她们母子仨。这次去贵州，其实母亲是带着她和弟弟改嫁。她不敢向母亲求证传闻的真假。母亲不但不会告诉她实话，反会换来一顿打骂。她为此哭了好几次，我也不知道该怎么安慰她，只是默默陪着她。在河边，坐到夕阳西下，夜幕降临。

　　没想到，一天正在上课，她突然被班主任叫出教室。她母亲说，必须马上走。游敏有些蒙，嗫嚅着说，回教室收拾书包。不要了，去那边，全部换新的。她母亲似乎莫名兴奋。

　　她转身就跑，边跑边喊：我必须回一趟教室，有很贵重的东西要拿。她几乎是哭着冲进我的教室，把我拉到操场。

　　她就这样走了，走得心不甘情不愿，走得难舍难分。她说过，我是她唯一的朋友，唯一能讲心里话的朋友，唯一真心对待她的朋友。她曾信誓旦旦地说，无论走到天涯海角，她都会给我写信。

　　一别三十多年。游敏，你在哪里？三十多年来，我不停寻找、打听。可谁也不知道你们去了哪里。唯愿你们母子仨平安、幸福！

　　我看着手里的半片银杏树叶，虽尘封多年，尤有余香。银杏生命力顽强，品性坚韧。我想，当年你顺手摘下这片银杏叶，是否预示着，你的一生也如银杏，勇敢、坚强。无论任何恶劣的环境，无论遇到什么样的艰难困苦，你都能勇敢面对。

　　银杏叶也代表着我们的友谊，纯洁、真情。我将半片银杏叶郑重夹进书里，等着你，平安归来。

爱的奇迹

我远离家乡去县城中学上高中那年，外婆已经八十岁了。第一次离家那么远，第一次住集体宿舍，我很不适应，想家想得厉害，常从梦里哭醒。

那年冬天，天气格外寒冷，凛冽的寒风像刀子似的割脸。整个天空都是灰蒙蒙的，冷风呼啸，校园里高大的黄葛树在风中凌乱，零星的几片枯黄的叶子在空中旋转翻飞。

那天中午下课，我裹紧衣服，低着头往食堂走。猛然抬头看到外婆正站在学校门口往里眺望。眼花了？是想外婆出现幻觉了吧？我摘下眼镜，擦了又擦，又使劲揉了揉眼睛。外婆也看到了我，笑吟吟地向我走来。当我抱着外婆，我的脸贴上她冰冷的脸时，我才醒觉，不是幻觉，外婆真的来看我了。外婆颠着三寸金莲，穿着蓝布裤子，蓝布斜对襟长袍，戴着黑色头巾。来来往往的同学，不时递来讶异的目光。我知道，除了外婆，全城没人如此着装。

外婆不知在学校门口站了多久，冻得嘴唇乌青，手指冰凉。看到我，咧嘴一笑，嘴唇冒出了血珠，我的泪流了下来。外婆慌了，不停地问："怎么了？乖乖，你哪里不舒服吗？"我哭得更厉害了。外婆对着我，上下左右前前后后反反复复检查了几遍。

见我完完整整，外婆释然一笑，转身就要走。当我得知外婆一个人跋山涉水，只为来看我一眼时，我如遭雷击，难以置信。外婆这之前，去过最远的地方，是从农村老家到镇政府家属院——我们全家居住的地方——十二公里左右。

而从农村老家到我的学校，有好几百公里。先走一个小时的路，再坐两个小时的客车，才到县城客运站。客运站下车之后，要走过三条长街，穿越两条又深又长，曲里拐弯的巷子，才能到我的学校。我都上学几个月了，有时还会迷路。她是如何寻摸到这里来的？

我哭着求外婆吃一顿热饭再走，外婆拗不过，只好随我去校门口的小饭馆吃面。外婆告诉我，她连着几天梦到我，不停地哭，不停地喊外婆，怎么问都不说话。她实在放心不下，决定来看看我。天还没亮，就起来赶路。看我一眼后，必须往回赶。回乡的客车，每天下午只有一趟，而且家里还有鸡鸭猪狗没人照顾。

我实在不放心让外婆一个人回去。第二天恰逢周末，我向班主任请半天的假，送外婆回家。没想到，一反多日来的阴霾，太阳露出了笑脸，给萧瑟的大地披上一层光辉，灰暗的城市变得明亮璀璨，流光溢彩。温暖的阳光隔着窗玻璃照射进来，车厢里暖融融的。冬日暖阳如外婆般和蔼可亲地抚摸着我，温暖将我层层包裹，一寸寸切进我的肌肤，溶进我的血液，向我的四肢百骸蔓延。依偎在外婆身边，我觉得我是世界上最幸福的人。

无论我如何追问，外婆总是微笑，只字不提她一路跋涉的艰辛。

当我和外婆同时出现在爸爸妈妈面前，他们以为是我回老家将外婆接到了镇上。任我怎么解释，他们就是不信，八十多岁的乡下小脚老太，大字不识一个，一辈子在自己的一亩三分地上打转，竟然飞越高山大河，穿越大街小巷去到几百公里外，只为看一眼在梦里哀号的外孙女。我和外婆相视一笑，也不争辩。

夜里，偎着外婆入眠。梦里，外婆长了一对翅膀，带着我飞越高山，飞向蓝天，在蓝天白云间自由翱翔。

爱，能克服一切困难，穿越时空，带着阳光，跋山涉水而来。

栀子同心好赠人

刚参加工作那年，和同事去乡镇出短差。一位中年大姐半道上车，带来一车馨香。满满一篓绿叶白花，是扎成一束一束的栀子花。绿叶青翠葱茏，白花妩媚妖娆，带着盈盈露珠，芳香四溢。瑕不掩瑜，破旧的竹筐，也掩不住栀子花的高贵优雅。

大姐头发蓬松，眼睛浮肿，一脸倦容，衣着有些破旧，鞋子、裤腿沾了很多泥点，双手粗糙，指甲缝里有黑泥。

见我目不转睛地看着那些娇艳，大姐笑着说："喜欢就挑一把吧。回去插水里，慢慢地开，能香好几天呢。"

我歉意地笑："谢谢，我下午才回城，带着不方便做事。"

"赶集卖花去？"我明知故问，完全是没话找话。

大姐点点头，"嗯，两个孩子上学，多花钱哪。"

"你上车的地方离市区和镇上远近差不多，还不如去市里卖，应该更畅销。"我好意提醒。

她眼睛一亮，感激地笑笑，不置可否。

汽车在晨雾中缓慢爬行，摇摇晃晃，我在一片醉人的花香中迷离，做了一个悠长温馨的梦。有位长着翅膀的白衣天使，送我一捧栀子花，花瓣晶莹剔透，洁白无瑕，清香沁人心脾。醒来，车已到站，我的膝上，一束如冰雪般洁白的栀子花静躺着，深情地凝视着我。

一定是那个大姐留给我的，无故受人馈赠，我很感动。这束栀子花，有七枝，有的花瓣全开了，像情窦初开的少女，无比娇羞；有的半开半合，鸭黄色的花蕊若隐若现，像天真烂漫的幼童，窃窃地笑；有的是欲放的花骨朵，像婴儿娇嫩的肌肤，饱胀得快要撑破翠绿的衣裳。纯洁的花儿素淡而质朴，缕缕花香让人神清气爽。捧着栀子花行走，花瓣随风晃动，像蝴蝶舒展着双翼，在酷暑中带来清凉。淡淡的花香追随着我的脚步，一路香风，引人注目。

栀子花随我奔波了一整天，晚上回到家里，才将花插进花瓶。花儿依然灿烂，精神抖擞，幽香扑鼻。栀子花纯白圣洁，让人赏心悦目，又有醉人的芳香，且香味浓郁广远。

应同事之邀，下乡游玩。正值梅子时节，阴雨绵绵，清香扑鼻，让人神清气爽。一片花田，栀子花正悠然开放，色如琼花洁白，香似玉虚宫至，冰清玉洁，雍容典雅。雨水润泽之后的绿叶白花，闪着光芒，透露出江南烟雨的清新，惹人怜爱。田边有一方荷塘，荷叶婷婷，荷花玉立，栀子花和池塘相辉映，相得益彰。

一妇人正在除草，听到我们的声音，抬起头来，对我们吟吟地笑，我顿觉似曾相识，却又无从回忆。

同事骄傲地介绍："这是我妈。她一个人种了好多花。"

这位年轻同事曾说过，她的父亲早逝，母亲一人抚养姐弟俩，异常艰难。

妇人接过话茬："还得感谢十多年前，第一次赶集卖花。在客车上，一个陌生小妹提醒我去城里卖。"抹去额头的汗水，她有些自豪地说："我卖了十多年花，供出了两个大学生，将土房变成了砖房。"

她第一次进城卖栀子花，很快一抢而空。栀子花从春天到初夏，次第开放，四季青翠，花朵洁白，花期长，花香持久，很受城里人欢迎。栀子花的果实红色，是一种药材，也能卖钱。一季栀子花就解决了两个孩子一学期的费用。她看到了商机，扩大种植面积，加种了黄角兰、茉莉、蜡梅，以保证一年四季都有花卖。

"全得感谢那位小妹的提醒。"大姐兴奋之余，不断地重复着同样的话。

此时的她，衣着整洁，神采奕奕，滔滔不绝。

同事抱歉地笑："我妈这句话念叨得我和弟弟耳朵都起茧了。"

原来她就是那位赠我栀子花的大姐。栀子花洁白如雪，花香清新馥郁。如她，自然朴素，纯洁无瑕，却又坚强勇敢。

"葛花满把能消酒，栀子同心好赠人。"我突然想起这句古诗，我和她仅一面之缘，她却慷慨赠我栀子花。原来她是以花表达她的感激之情。

如今我已至中年，她也日渐衰老，我们谁也认不出谁。她忘不了我的一句话之恩，我记住了她一束花的情。原来栀子同心，只赠有心人。

卷洞

卷洞，是一个地名。每次听到、看到、想到这两个字，我脑海里浮现的居然是《西游记》里的盘丝洞：石桥高耸，潺潺流水接长溪；古树森齐，聒聒幽禽鸣远岱；遍地野花香艳艳，满旁兰蕙密森森。

有两年，我参加了一个公益项目——"关爱女性健康"。我担任组长，带领医务人员，下乡义务为农村育龄妇女体检。每天去一个乡镇义诊，对接单位是当地计生办。一入卷洞乡，我才发现，卷洞的美比盘丝洞的美有过之无不及。

正值秋去冬残，春光明媚。卷洞乡场四面环山，山高树密，清秀挺拔。青山绿树，云蒸霞蔚，林深幽境。漫山遍野的映山红，风姿艳绝，灿若云锦，令人炫目。再加上许多粉色、白色、黄色或是蓝色的不知名野花，把山林装扮得十分美丽。

计生办的同志们热情地接待我们，和我们一起安装检测仪、组织妇女们排队候诊。随行医生们忙着登记、检查、讲解，计生主任带我和另一同事进村，逐户慰问患癌导致家庭困难的妇女。

走在乡间的小路上，空气清新，心情舒畅。寂寞的山坡上，到处郁郁葱葱，花潮涌动。草叶上的露珠，如翡翠，闪着绿莹莹的光。活泼的小鸟儿在树枝间跳跃着，叽叽喳喳欢唱着，像是在欢迎我们的到来。山岭土坡，田间地头，到处都是火红的映山红，似燃烧的云霞，点燃了山野的寂静和冷清。这里一团团，那里一簇簇，开得那么绚丽，那么热烈，迎风玉立，空灵含蓄。

我们忍不住驻足观赏美景，主任摘下一朵映山红，放进嘴里咀嚼。我和同事目瞪口呆，像看星外来客。

主任递给我一朵，笑吟吟地鼓励我尝试。

我壮胆一试，味道很奇特，酸酸甜甜，入口生津。

同事也迟疑着吃了一朵，也连连称奇。

主任俏皮地笑："好吃吧！再吃点，真正的纯天然食品哦。"

"小时候我们放学回家路上，边走边吃，这是乡下穷孩子最好的零食。映山红不但好看，能吃，还有镇痛、除湿的功效哦。"主任向我们介绍，语气里有掩饰不住的骄傲与自豪。

阳光和熹，春风荡漾，连空气都是清澈的、透明的。农村的房屋错落无序，形态不一，全都掩映在桃花、李花和油菜花丛中，若隐若现，美若仙境。正在田间地头忙碌的农人们看到主任，纷纷热情地招呼，杵着锄头与主任攀谈。主任热情洋溢，嘘寒问暖，亲切、自然。估计应该是经常下乡走访，与村民胜似亲人。

我们看望了几个绝症病人，对她们做了常规检查，留下慰问金和礼物。准备离开村庄，已是中午时分。村长拉着不让走，非要我们去他家体验农家风味的午饭。盛情难却，只好留下。我们几个帮着烧火、择菜。村长和夫人一阵忙碌，卤水豆花、腊猪蹄、地里现摘的萝卜炖腊排、炒青菜、自制的榨菜丝。别具风味的农家饭，让人欲罢不能。

饭毕，乡亲们送来了自家养的鸡鸭鹅、土鸡蛋、青菜、土豆，很快堆成小山。我们坚决不收，乡亲们很是失望，送了一程又一程，还依依不舍。

卷洞风景优美，如诗如画，美不胜收。那里民风淳朴、善良、自然。为官的体恤民情，尽悉每家每户的境况，为民的质朴敦厚，勤劳善良，热情好客。是《西游记》里的盘丝洞无法比拟的。

雨中漫步

我爱雨，更喜欢淋雨。小时候如此，成年后也积习难改。这可是个在朋友和家人们看来，难以理解和接受的怪癖。我却不以为忤，乐在其中。

曾经有个同事，不止一次，善意地提醒我，"饱带干粮，勤带雨伞。"她说："在我和我女儿的包里，长年备着雨伞。所以我们从未被淋过雨。"

作为成年人，我不好意思承认自己痴迷淋雨。对同事的关心，我深表感谢。每次我都真诚地承诺，一定备好！一定备好！却从未真的付诸行动。

我喜欢雨，尤其喜欢淋雨，缘于小时候。那个年代，普遍贫穷。大人们忙着农活、上班，小孩子们没有电视可看，没有玩具可玩，只有自娱自乐。鹅卵石、泥巴很快玩腻，河流、水塘被大人设为禁区，与小伙伴追逐打闹，容易口角、干架。唯有下雨，雨水、水凼、稀泥都是我们最好的玩具。只要下雨，我们都像过节一样开心。一群野孩子在雨中、在泥水凼里追逐、打水仗。

雨，如天外来客，既亲切又温柔。站在空旷处，任雨从头顶往下冲刷，竟有一种难得的快意与舒畅。我因此爱上了雨，爱上了淋雨。只要下雨，我就会冲进雨帘，淋个痛快。有时候被妈妈看见，会被捉进屋去，洗澡换衣服，生怕我感冒。幼小的我固执地认为，雨那么温柔，怎会使我生病呢。

我喜欢雨，喜欢独自在雨里行走、奔跑。成年后，也没改变这一习惯。雨水像清冽的泉水，能洗去浑身的倦怠；能除去浮躁，淋去心中的尘埃和阴霾；能冲走忧伤和烦恼。我喜欢在雨里思考问题，厘清思绪。雨点，有时轻盈如羽毛，柔柔地飘落发丝，却浑然不觉；有时重重地落在身上，像技师灵巧的手指，为我理疗按摩；豆大的雨点砸在车窗上，像乐器敲击出清脆悦耳的音符。

徜徉雨中，任由那纯净的雨丝尽情地洒在我的身上，浸入我的肌肤，淋去工作的压力和职场的倾轧，让郁闷的心情变得明丽起来。有时雨丝飘进嘴里，下意识地品咂，竟是甘甜的。人世间的浮华喧嚣，得意失意，会在雨里，被洗涤得干干净净。带着平和的心情，漫步雨中，才能体味出雨的情趣和诗意，才能感受到它的美丽和柔情。雨，有时过于执着，缠绵不休，让不喜雨的人怨声载道。我却一直深爱，从不厌倦。

有时下班路上，一场突如其来的雨，令人如中彩一样兴奋。雨丝扑打在脸上，清凉又舒爽。雨水冲刷着路边树叶，蒙尘的树叶立刻干净清爽，颜色格外深浓。柏油马路也被冲刷得干干净净，赤脚走在上面，像走在绵软的厚地毯上。雨，总是喜欢这样搞突然袭击，让爱它的人欢喜，厌它的愁闷。有时突然而至的大雨，给我很大的惊喜。我在雨里慢慢踱步，轻轻踢着水花。独爱这份潇洒，独爱雨中难得的宁静。视线被雨水模糊，却依然信步由缰地漫行。行人寥寥，雨点打在地面上，溅起片片白雾，如缥缈的白纱。人朦胧、树朦胧、花儿朦胧。

有人冲进雨帘，塞一把伞给我，是路边早餐店的店主。多年来上下班必经之路上，我与很多店主已熟如朋友。他们纷纷递伞给我，我都笑着婉拒。那个卖花的大姐拉着我，一脸执着，我不接伞，她不放人。最后大姐不由分说，将伞塞进我的怀里，迅速关上玻璃门。这份强塞给我的爱，我必须得领受，不能让大姐失望。

雨，沿着伞檐往下流，像密密的珠帘，散落在地上，汇流成溪。溪水跳跃着，唱着歌流入长江，与江水相伴着，追逐着，流向大海。路边积满尘垢的广告牌被雨清洗得干净亮丽，花坛里的美人蕉，带着满脸的雨珠，对我哂笑，是笑我撑着伞还浑身湿透吗？手机在包里振动，妈妈又在担心我淋雨了吧。我加快脚步往家赶，免得母亲过于牵挂。远远地，我看见，一个熟悉的伞面，匆匆而来。伞太大，遮住了撑伞人大半个身子。难道是她？这么大的雨，她又来接我？我疾步迎上去，果真是她，我亲爱的妈妈。看到我，她满脸惊喜。再看到我手里的伞，她有些意外，更多的是欣慰。

我爱淋雨，而那么多爱我的人，却怕我淋雨。亲人的爱，朋友的爱，同事的爱，都在担心我淋雨生病。这个世界处处充满爱，爱，也如雨，是滋润身心的甘露。

红鞋坏人

　　小时候在农村，村里就数我家人少屋子大。时有城里人下乡驻队，一般情况下，都在我家借宿。什么电影放映队、石油勘探队、这样那样的检查团，不一而足。

　　其中有一支队伍——石油勘探队，我至今记忆犹新。队伍里有一个人，尤其印象深刻。他五大三粗，满脸络腮胡，皮肤黝黑，像我家大门上贴的门神，凶神恶煞。他穿着一双红色的高跟拖鞋，那火红的鞋子，穿在他的脚上，格外显目，格外别扭。

　　当时，我五六岁。队伍到来之前，我们村刚放映过一场露天电影。影片的名字和内容我已忘记，唯记得，有一个大奸大恶之人，最明显的特征就是穿着一双红鞋子。坏人脚上的红鞋子，成为最后破案的关键证据。村里的小伙伴们，从此就将穿红鞋子的男人统一为"红鞋坏人"。

　　话说驻扎在我家的石油勘探队里，清一色壮实的男人。唯独那个穿红拖鞋的，尤为引人注目。同在一个屋檐下，抬头不见低头见。每次猛然碰到他，我汗毛直竖，浑身哆嗦，撒腿就溜。比老鼠见到猫，还惊恐万状。

我虽为女孩，从小就野。常忘了身边有坏人潜伏，总是在玩得不亦乐乎的时候，不期然与他相遇，每次都吓得连滚带爬。有时避之不及，惊悚地待在原地，如待宰羔羊，一动不敢动。他却咧开大嘴对着我笑，那笑，让我想哭。可我不敢哭，怕惹怒恶魔，惨遭不幸。村里的其他小孩，则能躲多远就躲多远。

勘探队清晨开拔，扛着笨重的勘探工具，在疑似有石油的田里、地里，吭哧吭哧钻洞。那个时候，村里到处都是天坑，一个一个咧开大嘴，似在嘲笑他们的无用功。

红鞋坏人每天中午，返回我家做饭。那么五大三粗，一脸凶相的大男人，做的饭菜，香飘十里。贫穷的农村，这样的饭菜香，只有在过年那几天可以闻到，吃到，他们却天天都吃得那么丰盛。于是，我家门口，在饭点时，都会聚集着一些看热闹的村民，吃不着肉，闻闻味儿，饱饱眼福，也是好的。

我也馋得直咽口水，可我不敢往他们面前凑。那个穿红拖鞋的坏人，是一个恐怖的存在。哪怕一桌满汉全席，请我去吃，我也没那个胆儿。很多小孩跟我一样，躲得远远的，踮脚远眺，不敢靠近。电影里那个穿红鞋的坏人，印象实在深刻——温文尔雅，慈眉善目，却罪大恶极，杀人不眨眼。在小孩儿的意识里，石油勘探队里的红鞋男人，比电影里的红鞋恶人，更厉害千百倍。他的恶是写在脸上的——皮肤黝黑，满脸络腮胡，不怒自威。小孩子们望而生畏。

红鞋坏人的左手腕，一直戴着一根红色的橡皮筋，女孩子扎马尾用的那种。红艳艳的色彩，像长在他粗黑的手腕上，尤其显目。

妈妈跟他熟，不时站着闲聊几句。妈妈问他："你一个大男人，干吗戴根女孩子的橡皮筋？"

他一愣，不好意思地笑笑。低头，轻轻抚摸着橡皮筋，说："这是我女儿扎过头发的。看到它，就像看到我的女儿。"红鞋坏人表情竟然有些羞涩，"我已经两年没回过家了。"

我远远地站着，看着，听着。他望向我，用下巴示意："我女儿今年应该和她一般大了。"

从他的眼里，我看到了一丝柔情。

我妈妈叹息，他也叹息。

"这是我的工作，注定颠沛流离。虽然舍不得女儿，却不得不，一次又一次告别。"红鞋坏人抚摸着腕上的皮筋，眼光越过山，望向远方，疲惫又深情。阳光照着群山与村落，寥廓晶莹。那一刻，我突然觉得他不那么害怕了。

一天，妈妈上坡干活，外婆去菜园摘菜。院前的月季花上憩着一只五彩斑斓的蝴蝶，很罕见。我蹑手蹑脚的去抓，蝴蝶却受惊起飞，我跟着追。蝴蝶像是故意逗我玩，走走停停。我追出去好远，没注意脚下的路，一脚滑进蓄粪池里。我下意识地抓住粪坑沿，脚底悬空，粪水淹至我的下颌。我惊恐大哭，感觉自己手一松就会没顶。突然，一双大手，抓住我的胳膊，将我提出粪坑。提着我的是红鞋坏人。我越发恐怖，拼命挣扎。我以为自己刚出粪坑，又入虎口。妈妈和外婆闻声飞奔回来，烧了五大桶热水，才将我清洗干净。

晚上，妈妈带着我，去感谢救命恩人。这是我第一次进入勘探队的集体宿舍。木板楼上，一溜通铺。铺上铺着厚厚的稻草，稻草上是凌乱的毯子、被褥。十几个男人半躺半卧在"床"上，抽着烟，喝着茶，打扑克，侃大山。红鞋坏人却拿着一本书，就着微弱的煤油灯，认真阅读。

妈妈要我向他鞠躬，我不肯。他放下书，向我伸出手来，我迟疑着，不敢靠前。妈妈恨铁不成钢，推了我一下，我收不住脚，扑向前。他握住了我的手，我像被蛇咬了一口，惊叫着后退。正在打牌的人看过来。他有些尴尬，搓了搓手，摸摸鼻尖，说："不用谢，孩子没事就好"。

原来那天，他感冒了，请假在家睡觉。我以为家里没其他人呢，

欢天喜地，蹦蹦跳跳，高声唱着不成调的歌，疯狂地追逐蝴蝶。他一直默默听着我的声音，想着自己的女儿。我掉进粪坑，那惊天动地的

"扑通"声，惊恐高亢的哭喊声，当然没逃过他的耳朵。他飞奔下楼，及时救起我。

妈妈对他说了一箩筐感激的话，在他养病那几天，天天做荷包蛋，让我给他送去。我哪里敢去。妈妈又气又急，拉着我一起去送。她反复告诫我，救命之恩，要永远铭记。

石油勘探队在坚持了几个月之后，终于无功而返。临走，"坏人"将他戴过的安全帽送给了我，说是留作纪念。

而今，我已长成妈妈当年的年纪，我依然记得那个穿红鞋子的"坏人"，是他救了我一命。我早已明白：人不可貌相，恶人未必恶相，恶相未必就是恶人。

忏悔

　　我养的第一只宠物是一只鸟儿——斑鸠。斑鸠的来历有点因缘巧合。那年我上小学五年级，平常住父亲单位，一到放假就迫不及待地往乡下跑，因为那里有我时刻牵挂，时刻思念的外婆。

　　那天我一个人走在回老家的路上，突然下起了瓢泼大雨。因为离家尚远，努力奔跑也于事无补，我索性在雨中漫步，也别有一番情趣呢。路面上很快就积了很多小水凼，我已成为落汤鸡，还是不慌不忙，边走边踢水玩。

　　正玩得不亦乐乎，突然听到路边草丛里有古怪的声音——"咕咕，咕咕咕"。我很害怕，不敢靠近。叫声时高时低，时断时续，声音凄厉。好奇心战胜了恐惧，我循声找去。

　　路边的矮株灌木丛下面，一只羽毛湿透的鸟儿，正痛苦地哀叫。我试着向它伸出手去，它既不退缩，也不躲避。我将它捧在手里，才发现它的左眼烂了个窟窿，还有脓血渗出。我脱下外套将它整个包起来，它竟然不害怕，不挣扎，温驯得像个婴儿。我抱着它狂奔到家，在外婆的协助下，给它清洗伤口，上药，全程它都很配合。外婆用干毛巾仔细为它擦

110

拭，把它的羽毛擦得干干净净，清清爽爽。

鸟儿羽毛顺滑光泽，通体褐灰色，头蓝灰色，脖子上有一圈儿很奇特的羽毛，像是围了一条蓝底带灰色小圆点的围脖儿，尾尖儿白色。那只没受伤的眼睛灵动有神，看起来漂亮伶俐。我以为它是一只鸽子，外婆说是斑鸠。

给它食物和水，它毫不客气地一顿猛啄，像是饿了很久的样子。外婆请人给它做了一个精致的鸟笼。在外婆的精心照料下，斑鸠的那只病眼很快结痂，但是也彻底瞎了。瞎眼让它很不适应，总是偏着脑袋看人。哥哥调侃地叫它"独眼斑鸠"，从此，"独眼"就成了它的名字。外婆要将它放生，我又哭又跳，抱着鸟笼死不撒手。外婆无奈，只能作罢。

斑鸠成了我心爱的宠物，到任何地方，做任何事情，我都带着它。暑假结束，我将独眼带到父亲的单位。每天上学之前给它备好米粒和水，放学之后带它去家后面的小树林放风，傍晚才和它一起回家。我的父亲虽然十分严厉，对于我养独眼，却从未反对过。

有一天放学回家，我看见笼门大开，笼内空空如也。我满屋乱转，疯了似的寻找，可独眼踪影全无。原来是父亲给它换水后，忘了关笼门。我哭得双眼红肿，晚饭都没吃。夕阳下山头，月上柳梢头，我不得不接受了独眼离家出走的现实，抹着泪埋头做作业。突然感觉有什么东西在我的头上动了一下，我下意识一拍，独眼落到了我的作业本上。它歪着头斜视着我，十分委屈的样子。我捧着失而复得的宝贝儿，又叫又跳又亲。独眼也像迷路的孩子找到了家，那只明亮的眼睛精光闪闪。

从此，我丢弃了鸟笼，将窗户敞开，任由独眼自由进出。不管它飞多远，只要夕阳下山，它一定会回来。独眼很聪明，率先发现窗户旁边，书案脚下有一个小圆洞，刚好可供它出入。

独眼获得全家人的喜爱，人人都宠着它。哥哥姐姐们常去给它找虫子加餐。它恃宠而骄，一会儿飞到我的头上，一会儿飞到父亲肩上，一会儿又飞到姐姐的书上。它歪着脑袋看人的神态特别可爱，独眼给全家带来无限乐趣。

我上小学那几年，县教委规定每年麦收季节，村小、乡镇中小学必须放七天农忙假，鼓励学生们回家帮父母干活儿。

那一年放农忙假，我一如既往地乐而忘形，一放学就如放飞自由的小鸟儿，生怕被父亲留下来写作业。我径直奔出教室飞回了老家。傍晚，彩霞漫天，鸡鸭归巢，村里飘起了袅袅炊烟，我才想起，我竟然忘了带独眼回老家。我哇哇大哭，外婆慌了手脚，老家离父亲上班的单位太远了，回去是不可能的。那个年代乡下没有任何快捷的通讯设备。外婆安慰我：斑鸠本来就野惯了，它自己能找到吃的，更何况你爸还在呢，他会帮你照顾它的。我信以为真，破涕为笑。

我度过了无忧无虑，幸福美满的"农忙七天乐"。回到镇上的家，发现门窗紧闭，窗帘拉得严严实实，父亲根本没在家。我心里一紧，顿感不妙。随即又自我安慰，独眼不会有事的。它来自自然，回归自然，也是天意。一连几天，独眼都没有回来。

很快到周末了，我们对家里进行大扫除。在清理书案下面时，我赫然发现，墙脚有几根灰色羽毛，像独眼的。我跪在地上，爬进书案底下。在那个供独眼进出的洞口，竟然找到独眼的一只脚爪，已然干枯。

我哭得近乎晕厥，两个姐姐也泪流满面。她们抽噎着说，独眼是饿死的，尸体被老鼠吃了，只剩下羽毛和脚爪。

我深深痛悔，我以为独眼已经残疾，有我的呵护，它不必在野外面对残酷的生存竞争和人类的威胁；有我的陪伴，它会衣食无忧，会更加幸福快乐。我万万没想到，独眼习惯了被照顾，会失去野外求生的本领；我更没想到，随着我们放假，父亲出差去了外地。我以为家是我幸福的港湾，也是独眼的天堂。没想到精心的呵护，温暖的家，却变成了它的炼狱。我为什么不在治好它的眼睛之后，就让它回归自然呢？我为什么不带它一起回老家呢？我的一意孤行，我的自私把独眼推到了万劫不复的境地，是我害死了独眼。独眼已逝，忏悔无声。

独眼离开我已经三十多年了，却成了我此生永远的痛。现在，我和我的孩子们都喜欢去郊外玩，有时碰到受伤的小动物，我们也会救治它们。但我坚决不许他们圈养任何野生动物。

电影《狮子王》有一句台词："世界上所有的生命都有它存在的价值。身为国王，你不但要了解，还要去尊重所有的生命。包括爬行的蚂蚁和跳跃的羚羊。"作为人类，我们更应该尊重每一个生命，哪怕小如蝼蚁，也有它存在的道理与价值。

第四辑 花香鸟语透禅机

摆地摊的女人

去父母家，常见一中年妇人在路口摆一小摊，卖缝好的鞋垫、织好的帽子和十字绣，有时也有发卡、针线、袜子之类的小物件。我每次碰到，都匆匆走过。妈妈心灵手巧，早已为我绣了成堆的鞋垫和十字绣，质量上乘。她这些绣品都不能入我的眼。

妇人五十多岁的样子，衣着朴素整洁，虽化了妆，涂了口红，依然掩饰不住憔悴的容颜，头发几乎全白。经过她摊位的人，只要稍作停留，她便满脸堆笑，热情招呼。来来往往的人众多，我从未见人购买。

再一次去父母家，正好碰到她下楼，驮着一大包货物。她也住这栋楼？又去摆地摊？干点啥不好，非得卖这个，也不见得能赚多少钱。完全是浪费时间与精力，我为她惋惜，又不敢贸然建言，怕人怪罪。

陪妈妈嗑瓜子闲聊，不知怎么，我提到了那个摆地摊的老太婆。

"老太婆？！"妈妈失声惊叫。

她眼睛瞪大如铜铃，愤愤不平地说："她可比你还小一岁呢。"

"不可能！开什么玩笑！"我跳起来。

明明看起来都五十多岁了，怎么会比我还小？

116

"她就住我楼上，那可真是个苦命人啊。"妈妈将手里的瓜子"啪"地扔回果盘，似乎别人的悲惨让她食不知味，义愤填膺。

不待我问，妈妈打开了话匣子。

女子叫王梅，真比我小一岁。与我是中学校友，只是我们互不相识。她高中毕业即外出打工，与同厂一外地小伙恋爱、结婚，很快生了女儿。丈夫重男轻女，对母女俩横眉冷对。王梅为了博得丈夫的欢心，追生二胎。二胎如愿生了个男孩，丈夫方才展露笑颜。不想，孩子一岁后才发现不对劲，去医院查出来是脑瘫。到处求医问药，很快花光积蓄，孩子毫无起色。丈夫与她离婚，绝情而去，从此杳无音讯。王梅一个人带着女儿和脑瘫儿子，靠低保生活。儿子时刻离不了人，她无法出去工作。女儿稍大，可以帮着照看弟弟，她才得以做点手工、进点小商品去摆地摊。

一时间，我心中充溢着难以言说的震惊与难受，什么水果、瓜子都味同嚼蜡。

"那孩子可惜了，生得多俊俏啊，白白净净的，看起来挺聪明伶俐的。可是全身软绵绵，连脖子都抬不起来。"妈妈说着，流下了眼泪。

王梅的不幸令人唏嘘，我们俩再无闲聊闲坐的心情。

辞别父母，我特意绕路去了王梅的摊位。她温婉地浅笑，不卑地与每一个驻足观望的人打招呼，如一汪碧水。一身素衣，薄施淡妆，笑意盈盈，恬静贤淑。夕阳下，我发现她也很美，至少曾经是个美人，只可惜命运乖张，美人迟暮。

我故意在王梅的摊位前逗留，东拉西扯地与她闲聊。她只字不提自己的苦难，却对帮助过她的人充满无限感激。街坊四邻，甚至偶尔买她小物件的人，她都无限感恩。王梅特意告诉我："这些绣品都是我家楼下阿姨教我的。阿姨绣的十字绣啊，鞋垫啊，那才漂亮呢。"

人都有从众心理，我的停留、攀谈、假意精挑细选，吸引几个路人驻足，有两人挑走了三双鞋垫。临走，我随便买了两双鞋垫、一幅十字绣，想着可以回去送给同事。

我没告诉她，我就是她家楼下阿姨的女儿。我是谁，不重要。重要的是如何能帮到她，这是我了解她的遭遇以来，一直都在思考的问题。她就像傲雪凌霜的蜡梅，不会向命运低头，更不会接受任何人的怜悯。

　　我请教了几个做兼职的朋友，再通过我妈妈，教会她在家开网店，将本地特产卖往全国各地。她的境况日益好转，女儿就近上小学，虽然脑瘫孩子已失去治疗意义，但至少，她们一家三口的生活质量得到很大改善。

　　天助自助者。虽然生活中困难重重，王梅总是微笑面对，从容走过苦难岁月。当风霜侵蚀她的容颜，岁月爬上她的鬓角，苦难压弯她的脊梁，她依然爱美，爱生活。这才是对生活最好的态度，谁也不希望生活多灾多难，但遇到了，就要勇敢地面对。

孩子的天性

物业说我家楼下常有面包渣，问是不是我家小儿恶作剧。我问小儿，小儿供认不讳。我严厉地批评了他，他当面答应改正，背后照干不误。三番五次，屡教屡犯。我打算拿出杀手锏——封窗户。

趁他上学，突击检查他的房间。我吃惊地发现，他的窗台来了一对鸟儿，已在窗台上筑巢安家。我恍然大悟，原来小儿是在给鸟儿们投喂食物。

每天清晨，我去叫他起床，在门外都能听到婉转的鸟鸣声，歌声悦耳，像闹钟一样准时。我以为是窗外玉兰树上栖息的鸟儿，没想到却是我家的常客，小儿款待的朋友。

鸟儿忽见我，惊恐不安。尽管我没有恶意，它们还是受惊飞走了。它们看起来像一对新婚夫妇，选择小儿的窗台作为栖身之地，因为它们感受到了小儿的善意，觉得在这里筑巢生子是安全的，生活与生命都是有保障的。那个精致的鸟巢里，有雪白的兔毛，是小儿新羽绒服上的领子毛。毛领子已变得坑坑洼洼，像是患了斑秃症。

傍晚，小儿发现鸟儿没有归巢，伤心得晚饭都没吃，眼角挂着泪珠，默默地写作业。虽然他并不知道是我吓跑了鸟夫妇，但我还是深觉愧疚。我不再提面包屑的事，也不打算追究他剪坏羽绒服的过错。

新鸟巢寂寞空待主人归，而鸟夫妻始终未归，恐怕已经放弃了这个新家。

我很羞愧，作为成年人，竟没有儿童的善意与襟怀。孩子天性纯良，在他眼里，人与动物没有分别，都是生命个体，都值得被关爱与被尊重。

每个人都曾年少过。我想起小时候，放学路上，偶遇一受伤的斑鸠。我将它带回家，悉心照顾。斑鸠伤好后，不愿离去，成为我们家不可缺少的一员。动物都是有灵性的，你对它的善意，它是能感受到的。

孩子的天性几乎是相通的。幼时的我，不止一次捡回小动物，饲养小动物，父母从未责骂我。我凭什么扼杀孩子纯良的天性？我有什么资格去阻止小儿爱护动物？孩子们是属于自然的，他们本能地亲近泥土，亲近花草和动物，他们对自然的感情远比成人来得深挚。

我用碗碟装好食物和清水，放在小儿卧室窗台，每天更换。令人欣慰的是，不断有鸟儿来吃食物。每日清晨，还会有鸟儿用清脆欢快的歌声，呼唤小儿起床。小儿阴了几天的脸终于有了笑模样。

荷马史诗中说：没有鸟儿的住所就像没加作料的肉。在我和小儿善意的款待下，在我家的阳台、窗户、花丛中，都成为鸟儿们的乐园。它们来去自由，再也不会受到惊吓与干扰，它们的眼里，再也看不到惊惧恐慌。随时来，都有可口的食物，干净清澈的水。小儿坐在窗边读书写字，鸟儿无声地落在窗台，悠然啄食或歌唱。不时和小儿眼神交流，彼此都有了心灵的默契。

孩子天性清洁纯净，不懂人情世故，没有得失忧患，更无虚情假意。孩子的世界里，一切都是那么纯洁、自然、和谐、喜乐。

花香鸟语透禅机

高中同学林，突患肝癌，晚期。这个消息，让我们吃惊。高中三年，他是我们班最出名的拼命三郎，起得比鸡早，睡得比狗晚，连去食堂吃饭，都是用跑的。他出生农村，家境贫寒。高考是他唯一跃农门的机会。唯一，表示他如果落榜，绝没有上高四高五的机会。班主任以他为标杆，天天对我们耳提面命。他像我们班的一面旗帜，猎猎飞扬。

或许是用力过猛，或许是造化弄人，林出人意料地落榜。此后，他就处于销声匿迹状态。多年后，才有同学提起。公布高考成绩的当天，他就踏上南下的火车，加入打工仔的队伍。因为肯吃苦，因为精明过人，很快被老板赏识，升值。很快又由打工仔变成了老板。他目达耳通，具有杀伐决断的魄力和胆识，抓住商机，很快赚得盆满钵满，成了家乡首屈一指的大富翁。在深圳买了别墅、豪车。将农村老家的土房变成三层小洋楼，将乡间泥泞土路变成了水泥路。

没想到，命运多舛，才四十出头，生命就开始了倒计时。班长倡议同学们捐款，毕竟同学一场，也是难得的缘分。大家纷纷慷慨解囊，钱款由班长代为转交。

之后，不时有坏消息传来：林的情况不容乐观……林危在旦夕……

再之后，不再有人提及。我们心照不宣地以为，林走了，永远离开了这个并不完美的世界。

微信盛行之后，班长适时建立了微信群。群里一个昵称"空空"的人，不时发一些乡村美景照片，蓝天白云、溪水潺潺、油菜花海、一树繁花、累累硕果、碧绿的菜畦……很是博人眼球。

"空空"还不时发一些金句。

"月影松涛含道趣，花香鸟语透禅机。"

"人天福报非久计，苦海茫茫莫留连。"

"来是偶然，走是必然。随缘不变，不变随缘。"

"松风吹解带，山月照弹琴。"

……

绝大部分同学都生活在节奏紧张的繁华大都市，每天的工作、生活自顾不暇，群里鲜少人发言。此群基本轮为死群，唯有"空空"坚持不懈地发些风景照片，和惊人之语。群里一部分人不愿意备注真名，谁也不知道谁是曾经的谁。

当有人告诉我，那个在群里最活跃的"空空"是林时。我浑身起了鸡皮疙瘩，隔着屏幕都瘆得慌。

时隔五年，林已转世投胎？或者，起死回生了？不会啊。班长说过，林是癌症晚期，医生下了"死刑"通知书，余生只剩下三个月。连医生都劝其放弃治疗，过好余下的日子。

我不好意思在群里问"空空"，无论如何委婉措辞，我都觉得太唐突。问班长，班长支支吾吾，故作神秘。我也不喜八卦，故不再追问。

适逢十一长假，班长约几个同学一起去看望"空空"。出现在我们眼前的"空空"，真的是林，让我颇感意外。相比学生年代，他变黑了，身体健壮，哪有一丝病态。他光着膀子，戴着一顶草帽，正在稻田里扯稗草。田里的水清澈见底，鱼儿在禾苗间快乐地游曳。田坎边，搭着瓜架，丝瓜、南瓜、黄瓜，像一串串铃铛第次排列；火红的辣椒，像挂在树上的红灯笼，绵延整个田坎。稻田外侧，横亘着一条清澈的小河，河边杨柳依依，野花朵朵。小河对岸是一块宽阔的草坪，草坪上，几只牛、几只羊悠闲地啃着青草。光是这一小片天地，就美得不像话，让人心动。

午饭是林亲自做的，鱼是自家田里抓的稻花鱼，鸡是自家养的跑山鸡，连喝的饮料都是他亲手做的米酒。饭桌上，林不待我们问，自动讲开了自己的故事。

五年前，他晕倒在会议室，被手下紧急送进医院。医生宣判了他的"死刑"——肝癌，晚期。收到宣判的那一刹那，他五雷轰顶。自己才四十出头，好日子才刚开始，便要结束。他不甘心哪！可是谁又拗得过命运之神呢。他想到了年迈的父母，在外打拼的这二十年，与父母聚少离多。身边美女如云，却还未遇到真正的爱情。他心有不甘，却又无可奈何。最后的日子，他只想陪在父母身边。

他毅然卖掉公司、房子、车子，回到老家，只字不提患癌的事。他想着，好好陪伴父母三个月，自己走后，所有的财产留给父母养老足矣。他像没事儿人一样，种花种菜，养鸡养鸭，过上了悠然的田园生活。三个月过去了，他还活着，且蜡黄的脸上逐渐有了红晕。过了半年，自己还安然无恙。又过了一年，竟然长胖了几斤。他专程跑了一趟深圳，去找当初判他"死刑"的医生。医生见到他，大惊失色，详细检查之后，连呼：不可思议！太不可思议了！！不但癌细胞无影无踪，身体还强壮如牛。

这一场突如其来的大病，让林在鬼门关走了一遭，从此改变了他的人生轨迹和生活态度。他不再像以前那样争分夺秒，步履匆匆，不再参加各种谈判与酒局。在乡下的慢生活里，他可以从容地欣赏一抹朝霞，静静地等待一朵花开。

饭后，林带我们去村里走走。这几年，他帮助乡亲们搞起了养殖场、果园、大棚蔬菜。甚至帮助两个年轻人开了农家乐。他自己娶了娇妻，生了胖儿子。这捡来的第二次生命，弥足珍贵。

在河边草滩，我们坐下来吹风，他微微昂起头，闭着眼睛，享受着风的抚摸。风吹起他的衣角，"噗噗"有声，让我想起了高中时的他——神情焦虑，走路带风。

"如今恢复了健康，还想不想东山再起？"班长问，"毕竟你有这个实力。"

"不了。"林不假思索。

林平静地说："我已厌倦大都市快节奏的生活。在农村这几年，我的感受太深了。每天都能享受到大都市里从来不曾有过的美好与幸福。我生于农村，长于农村。我的第一次第二次生命都是农村赋予我的，此生我再也不会离开它。在农村，我还可以帮助乡亲们发家致富，他们富裕了，比我自己开公司赚大钱还开心。"

我们都陷入了沉默。

夕阳照在他的身上，他的脸熠熠生辉。不远处的树梢上，喜鹊唱着欢快的歌儿，四周的山那么青翠，小河里的水那么清澈，岸边花儿那么娇艳。偶尔掠过的风，掀起他的衣角，碧绿的稻田绿波起伏。小山村里鸟语花香，岁月静好。

"活着，是多么美好。"林轻叹。

是啊，人生就像一场旅行，美好总会不期而遇。林是幸运的，走过千山万水，还能被这个世界温柔以待。

情怀

"敲麻糖！""敲麻糖哟！""又香又甜的手工麻糖！"下班路上，偶遇一中年男人，背着竹篾，沿街叫卖。敲麻糖的刀具，相互叩击，发出"当当，当当，当当当"的金属声，带着音乐的质感和节奏，传得很远很远。

人们行色匆匆，几乎没有人注意到他。他就那么孤独地走着，吆喝着。黝黑的脸，瘦削的身材，沙哑的嗓音，让我感到一丝悲凉。这种感觉也只是一闪而过，活在这个世界上的成年人，没有人是容易的。

我和汪茜越过卖麻糖的男人，背道而驰。汪茜突然拉我折返，"好多年没吃过麻糖了，我们买点尝尝。"

人到中年，我早已不喜甜食。

卖麻糖的满脸堆笑，难得有人青睐他的产品，他很开心。他放下背篾，揭开纱布，一大团白粉粉如面团的麻糖，安静地躺在竹匾里，像个乖巧的胖娃娃。

"这就是麻糖吗？"汪茜有些天真地问。

这不明知故问吗？汪茜兴奋得像个怀春少女。这家伙，似乎永远长不大，永远那么快乐，永远对事物保持强烈的好奇心。

"嗯，正宗纯手工的麻糖。"中年人笑，神情温和，像父亲宠溺心爱的小女儿。

汪茜吸吸鼻子："我还是小时候在外婆家吃过。早就忘了麻糖是什么滋味了。"

"是啊，我们都是吃着自家做的麻糖长大的。"中年男人感喟，"可惜，现在的孩子都不爱吃麻糖了。"

我站在一边，听着他们的对话，心里涌起莫名的感动。这个憨厚的中年人，卖的不只是麻糖，更是一种情怀，甜蜜蜜的情怀。我何尝不是，吃着外婆熬制的麻糖，一路甜到成年。

他动作娴熟，很快敲开坚硬的麻糖，递给汪茜一块，让她品尝。麻糖断面呈金黄色，闪着金灿灿诱人的光芒。

汪茜将麻糖塞进我的嘴里。那独有的焦糖香，让我欢喜，让我忧伤。仿佛回到童年，躺在外婆的怀里，慢慢咀嚼着麻糖。这久违的、熟悉的甜香，从外婆离世，我再也没有品尝过。我曾固执地认为，只有外婆亲手熬制的麻糖，才是这个味道。

社会飞速发展，新产品日新月异。各种新奇的糖果，层出不穷。古老传统的手艺几近失传。浮躁的现代人，早已没有那份耐心，去熬更守夜地熬制一锅并不受现代小孩青睐的麻糖。形形色色的糖果、零食早已养刁了他们的胃口。偶尔有买麻糖的，也基本是中老年人，多是作为偏方来使用。

我小时候，大家都不富裕，农村家庭更穷。广袤的天地、遍地的泥土和野花野草就是我们的玩具。家庭自制的麻糖就是我们的零食。也有农村家庭熬制麻糖，背到集市上去卖，以补贴家用。麻糖到底是如何制作的，我至今不得而知。我只知道，如果做苞谷麻糖，少不了麦芽和玉米；红薯麻糖，少不了谷芽和红薯。因为需要小火慢熬，农人们白天忙农活，夜深人静才有空慢慢熬制。每次陪着外婆熬麻糖，我很快便沉沉睡去。一觉醒来，外婆还在灶间忙碌。现在想来，一大锅原料熬到最后，只剩一小团麻糖，的确耗时费力。外婆颠着"三寸金莲"，不停地搅拌，不断往灶里添加柴火，不眠不休，无怨无悔。

小时候，我是外婆的小跟班，片刻不相离。妈妈曾调侃我，你这么依恋外婆，外婆百年过世之后，你怎么办？

我瞬间泪奔，不假思索地冲妈妈吼："我跟外婆一起死。"

外婆当即红了眼眶，将我搂进怀里，久久不愿松手。

外婆走的那年，我已近二十岁。虽没有追随外婆而去，强烈的悲痛与不舍却跟随了我整整三年。三年里，各种情景都会令我想起外婆，触发我的泪腺。

深夜，只有敲击键盘的声音。电脑旁的碟子里，躺着白天买的麻糖。透过金黄的麻糖，我仿佛看见外婆正宠溺地看着我，笑容绽放在满是皱纹的脸上，似盛开的菊。"啪嗒"一颗晶莹的泪珠滴落键盘，在这寂静的夜里，吓了我一跳。起风了，呼啸的夜风轻叩窗户，幼年的时光如现眼前。小时候，我体弱多病，经常要喝很苦的中药，我哭闹着不愿意喝。外婆诓我喝下，迅速放一小块麻糖进我嘴里，麻糖的香甜，立刻掩盖了中药的腥苦。于是，麻糖成了我喝药的标配，从此家里再也没有断过麻糖。

想起外婆，我睡意全无。推开窗，月光倾泻，如丝柔和。对面楼里，还有少许灯光锃亮。有轻微的歌声传来：

"当你老了　头发白了

睡意昏沉

当你老了　走不动了

炉火旁打盹　回忆青春

多少人曾爱你青春欢畅的时辰

爱慕你的美丽　假意或真心

只有一个人还爱你虔诚的灵魂

爱你苍老的脸上的皱纹

当你老了　眼眉低垂

灯火昏黄不定

风吹过来　你的消息

这就是我心里的歌

……"

　　这首歌描写了永恒的爱情，早已传唱大江南北。可我每次听到，都忍不住潸然泪下，眼前出现都是外婆的身影。我始终坚信这是写给我外婆的歌。

　　虽然隔着两重世界，我依然深爱着我的外婆，直到我们重逢的那一天。

送别

突传惊人噩耗，初中同学蒋意外去世。这一惊人消息，犹如晴天霹雳，把我震蒙了。我挂掉电话，泪如雨下，悲不自胜。

蒋的生意做得风生水起，新买的别墅刚装修好，网上订购的家具还在路上，刚过完四十周岁生日，一个年轻的生命就这样消逝了。我的心情久久难以平复。他的突然离世，让我震惊而悲伤，我的内心充满凄凉。生命竟如此脆弱，能干如蒋也无力胜天。

我和蒋是初中同桌，他曾经的一言一行，音容笑貌在我眼前晃动。那时，我家住在镇政府家属楼，他家在街上开杂货铺。他成绩一般，却写得一手漂亮的字。无论钢笔字还是毛笔字，都笔势雄奇，一笔一画铿锵有力，胜过绝大部分老师。他最大的爱好就是写字，走火入魔似的爱。连课间十分钟，也不停地写。

蒋不太爱说话，与我说得最多的，就是找我要废报纸，用来练毛笔字。因为政府各种报纸多，读过就废弃了，我近水楼台。他老是缠着我要，次数多了，我也烦。不客气地回敬他：要不，我给你开一家纸厂？！他听不出弦外之音，开心地说，好啊，好啊，那我就有写不完的纸了。真

129

让人哭笑不得。

初中毕业，他没再继续学业，回家继承了家里的铺子。当了老板，依然坚持不懈地练字，似乎书法早已融入他的生命和血液。哪一天不写字，就像失去了灵魂。

他的生意越做越大，不但扩大店铺，还将业务扩展到房地产、殡葬业。发挥专长，垄断了整个地区的墓碑篆刻与制作。

如今，他英年早逝。我们几个常保持联系的同学，相约前去送别。

一直不敢相信他的离去，直到亲眼看见他安静地躺在棺木里，神态安详。我的泪再次潸然而下。前来吊唁的人络绎不绝，汽车停了好几公里，燃放的鞭炮纸屑堆积如山。年纪轻轻的蒋，为何有如此多的人来送别？

原来蒋赚钱后，为家乡修桥铺路。对老家的孤寡老人和留守儿童嘘寒问暖，送钱送物接济他们。还收了很多徒弟，教他们学习墓碑篆刻。对一些家境贫寒的弟子，不但免费教学，还赞助开店资金。

如今蒋走了，前来吊唁的，人山人海，盛况空前。整个山野一片哀声，人们的悲痛都是发自内心的。

"他可是个好人啊！可惜了，为什么好人总是命不长呢。"人们议论纷纷，无不摇头叹息。

"你太年轻，走的不该是你啊！让我这把老骨头替你去死吧！"

留守老人们捶胸顿足，肝肠寸断，边哭边喊。

蒋帮助过的孩子们披麻戴孝，跪了一长排，像送别自己的亲生父母。

在场的人们，无不为他抹泪，替他惋惜。

人生譬如朝露，瞬息变幻。谁也不知道，明天和意外，哪一个先来。有的人很快就会被时间淡忘，犹如尘土，灰飞烟灭。你不会，家乡的山，家乡的水，家乡的人们会永远铭记着你。愿你一路走好，愿你在天堂里，没有意外，只有快乐和幸福。

城市烟火气

几乎是一夜之间，地摊遍地开花。"地摊经济"放开后，各类地摊如雨后春笋，带活了街边小店，带动了城市因疫情而低迷的经济，整个城市烟火升腾。

昔日冷冷清清的滨江长廊，夕阳还未收敛炽热的光芒，绚丽的霞光在江面上肆意泼洒，各种摊位早已铺陈开来，像一条长龙，绵亘蜿蜒，首尾不相望。我和闺密汪茜相约，下班后直奔滨江路。迎着凉爽的江风，走进这片城市烟火。

恍如走进了八九十年代的地摊时代。各种货品应有尽有，琳琅满目。鞋子、衣服、书、小饰品、花花草草……更多的是各种特色小吃，鳞次栉比。

正值晚饭点，"来，我们一家一家吃，把因疫情闭关那几个月亏欠的，全部吃回来。"汪茜兴奋得像个小女孩，大声嚷嚷着，拉着我直奔美食摊点。

烟雾缭绕的烧烤摊，孜然的香味勾起我的馋虫。音响里放着劲爆的乐曲，年轻的小伙子随着音乐节拍，边翻动烤串边手舞足蹈。夸张的动作吸引了很多年轻人驻足。他的女朋友浅笑盈盈，柔声细语，热情温柔，负责打包、收钱。情侣俩一动一静，一唱一和，配合默契。这新颖、独特的营销方式，给他们带来不菲的回报。

我和汪茜手里举着烤串，边吃边逛。书摊前，围了一些人在看书。老板席地而坐，好整以暇地看着摊位前这些准顾客，并不催促。不管科技如何日新月异，总有一些怀旧的人，热情不减地爱读纸质书籍。我是纸质书的狂热拥趸，拉着汪茜选了两本书，放进包里。我们继续在各种地摊间穿梭。

"看，我的最爱，麻辣烫。"吃货的眼睛就是尖。陪着好吃辣的闺密，又下肚了一碗麻辣烫和一杯饮料。我已吃饱喝足。汪茜还意犹未尽，说闻到了麻辣鸡和臭豆腐的香味。

江水粼粼，江面上的霞晖渐渐隐退，夜色慢慢向街边店铺、摊位和人群包围过来。摆摊的和闲逛的人越来越多。人人都像过节般喜笑颜开，人声鼎沸。逛地摊的人，多了一个休闲的去处；摆地摊的人，增加了一份额外收入，各得其所。

卖花的是两位小姑娘，二十岁左右。说是附近大学的学生，摆摊勤工俭学。我们在花摊前长时间停留，各种鲜花让我们眼花缭乱，难以取舍。大学生擅长察言观色，左一声姐姐，右一声姐姐地叫。热情地向我们推销她们的花卉。闺密选了红玫瑰和白百合，搭配满天星。小女孩心灵手巧，用精美的包装纸和彩色丝带，将花束包扎得美轮美奂。我选了几枝金黄的向日葵，一小盆多肉。

捧着花继续闲逛。满头银丝的老婆婆，孤独地守着摊位。还隔着老远，她就向我们招呼，"纯手工的冰粉凉虾哦，又冰又凉，消暑解渴哦。"这一路吃过来，我们早已撑得吃不下任何东西。但看到耄耋老人独自一人坚守摊位，我和汪茜情不自禁地坐下来，各自要了一碗凉虾。"您这么大年纪了也来摆摊？"我好奇地问。"是啊，现在政策好。再也不用和城管躲猫猫了。"老人的脸笑成一朵向阳的葵花。"我卖了差不多六十年的冰粉凉虾了，全是我手工做的，你们放心吃。"晚霞余晖，映在她的脸上，像极了闺密怀里纯洁高雅的百合花。

临别，我送给老人一枝向日葵，老人顺手插在摊位上。向日葵高昂着头，灿烂地笑，热情地为老人招徕顾客。

江风徐徐，完全驱散了白日的热浪。丝丝凉风在人群里回旋，与人们耳鬓厮磨着，不愿离开这片繁华。霓虹灯次第亮起来，五彩的灯光，映照得整个滨江长廊，如节日盛典，热闹非凡。人们都被这城市烟火气息迷住，感受着浓浓的市井人生，流连忘返。

艾草生香

打我记事起，每到端午节这天。早上起来，到处找不到外婆。问谁，都回答我，"割艾去了。"在我望眼欲穿时，外婆终于回来了，背回一大捆艾。接下来一整天，家里家外，都弥漫着艾草独有的气味，汹涌浓烈。

外婆围着艾，忙得不亦乐乎。大门上插着艾。院坝里晒着艾。午饭吃的也是艾——艾叶煮蛋和糯米艾团。晚上临睡前泡澡的水，是用艾熬的。枕着入梦的，是艾绒枕头。衣襟上戴着的还是艾——外婆提前用陈年的艾，做的香囊。

随着年龄的增长，我明白了外婆的苦心，也懂得了艾草对于贫瘠的农村来说，是天赐的美食、良药。每到端午这天，家家户户都忙着采艾，挂到门框上，煮到食物中，满村飘荡着艾草香。

再到农历五月五日，我就跟外婆一起去寻找艾草。我和外婆早早起床，迎着晨曦，踩着露珠去割艾草。外婆告诉我，必须是在端午这天采回家的艾，才是真正的药材。过早，太嫩，药性不佳。过晚，太老，失去药性。

家乡山多水多，田间、地头、沟渠边、漫山遍野，都是艾草的身影。

一排排，一丛丛，依山傍水，枝繁叶茂，笔直地站在风中，沐浴着阳光雨露，等待着我们的青睐。艾草枝叶绿中泛白，像小野菊的叶片，碧绿中透着银光。清风徐来，掀起一片银灰色的波浪，艾香扑鼻而来。采过艾的手，洗过几遍都还香味浓郁，经久不散。

我们很快就满载而归。外婆先将一束艾草挂在大门上方，说是驱邪祈福。艾草的嫩尖掐下来，洗净、切碎，合上糯米面，蒸好了，蘸白糖吃，比粽子更勾人味蕾。每年必不可少的艾草煮鸡蛋，也是重头戏。外婆煮上一大盆艾鸡蛋，来串门的小朋友，人手一只，欢天喜地而去。当夜幕降临，外婆熬一大锅艾草水，让我们泡澡。在我洗好澡，换上干净衣服时，外婆拿出早已缝好的，陈艾香囊。亲手拴在我的衣襟上，说是避邪驱瘟，防毒蛇虫蚁。

余下的那些艾草，外婆会将它们晒干，储藏好。等农闲，给全家大小每人做一个艾绒枕头。严寒时节，外婆不时熬一锅艾草水，盛一碗起来，加入红糖，让我喝，说是暖胃驱寒，预防感冒。艾草水有些苦涩，忍着喝下去，却有回甘。剩下的艾草水，让我泡脚。温热的艾草水漫过我的脚踝，热量从脚心传递，向四肢百骸发散，不一会儿就全身发热，微微冒汗。晚上睡在被窝里，枕着松软的艾枕，闻着艾草馨香，我浑身热热乎乎，睡得格外香甜。

时光如水，光阴易逝。当满大街飘起熟悉的艾草香时，我早已远离家乡。外婆也早已仙去。失去外婆的艾和爱，每一个端午节，我只觉孤寂、凄凉。"端午时节草萋萋，野艾茸茸淡着衣。"穿行在堆积如山的艾草摊位之间，我的衣服也染上艾草香了。我顺手买了一把艾草，挂在门楣上。艾香醇厚，使我心安，让我温暖，如外婆陪伴在我身边。

麦子熟了

我们一行人站在高岗上，俯瞰脚下那一片金色海浪，一浪推着一浪，像金浪起伏，万道金光闪耀，翻滚绵延。

明知我手无缚鸡之力，还是被朋友邀请来他老家参加麦收。同时受邀而来的同事们，足足塞满了两台车。

勤劳的农人们等不及，已经开始收割麦子。我们站在田埂，看收割机飞速旋转，麦穗齐刷刷倒下，转瞬间，麦穗和麦秆分离。麦粒自动脱去外衣，进入袋子里……我们像刘姥姥进大观园，看得眼花缭乱。

我们这些人完全帮不上忙，袖着手，当观众。朋友哪里是需要劳动力抢收麦子，完全是为了我们这些久居都市，一身懒骨的同事们，来乡下体验田园风光，品尝农家美食，找了麦收的借口。

看着这新颖、快捷的收割机器，身临这欢欣鼓舞的麦收现场，我的心绪跌宕起伏。儿时热火朝天的麦收场景历历在目……

"麦黄一时，龙口夺食。"靠天吃饭的年代，每年的麦收是农民最忙最苦的日子。稍有懈怠，雨季来临，麦子就只能烂在田里。就算冒着雨抢收回去，因为无法晾晒，也会因泡过雨水而发芽腐烂，一季收成付诸东流。

少年不识愁滋味。大人的烦恼和辛苦，我无法体会。我只负责把水或食物送到田里。我在田间蹦蹦跳跳，举着麦穗迎风飞舞，或者趁他们没注意，溜下河摸鱼抓螃蟹。

农人们的背弯成一张弓，汗水在脸上肆虐，连直起腰来擦擦汗，都嫌奢侈。他们割起麦来，像变魔术，手起麦倒，速度飞快。我看得眼花缭乱，颇为心动。趁他们坐在树荫下喝水歇息，我偷偷捡起镰刀，学着他们的样子，抓住几棵麦秆，一刀下去，麦子纹丝不动。我以为力气不够，挥刀砍去，一阵剧痛从脚踝传来，血像开闸似的一涌而出。那用尽力气的一刀，准确地砍在我的脚踝上。我又痛又怕，哭得惊天动地。母亲飞奔而来，脱下衣服，捂住伤口，抱着我往镇上飞奔。伤口深可见骨，缝了好几针，母亲心疼得直掉泪。

每季麦子收过，只剩麦茬的田里，活动着一群幼小的身影。我和村里的小孩子们提着篮子，小眼睛到处梭巡，寻找漏网之鱼——拾麦穗。不管谁家的田，拾到的麦穗都归自家所有。半天下来，每人都能拾到满满一篮子麦穗。

我们不急于回家，会聚河边，点火烧麦吃。麦子在火里噼里啪啦地响，很快散发出麦粒爆花的香味。用棍子掏出麦穗，放在手心揉搓，嘟嘴一吹，麦壳和灰烬轻轻飞去，一把放进嘴里咀嚼，满口生香，无限满足，好像品尝天下美味。

夕阳收敛了光芒，晚归的风带着丝丝凉意。我们浇灭火堆，提上麦穗，牵着牛，赶着羊，踏着暮色，各自回家。

"还没看够哪？"朋友的声音惊醒我的回忆。他递给我两串烧得焦黄的麦穗。我才发现，一帮同事，捧着麦穗正吃得不亦乐乎，个个脸上沾着黑灰，像贪吃的大花猫。

田里的机器不知疲倦，飞速往前奔驰。我们在田边吃喝玩乐，谈笑风生。才半天工夫，几亩麦子全部收回了家。"还是现代化好啊。"大家不禁感叹，"我小时候，那是要一镰刀一镰刀地割，一捆一捆地背回家的。""收回家还要一把一把地脱粒呢。脱粒也是靠力气，纯手工。收一季麦子怎么也得十天半月的。"

　　是啊，我们都是农村长大的孩子。都经历过刀耕火种，肩挑背驮的农耕时代。虽然现代科技改进了农村的生活生产方式，但记忆中的麦收场景却是永不磨灭的乡愁。

奇迹

这是一个真实的故事。如果不是发生在自己身边，我也不会相信，世上会有这样的奇迹。

"带她回去吧，她想吃什么尽量满足她。除非有奇迹发生，不然……"医生给妻子下了死刑判决书。

谭三背着病重的妻子，走在崎岖的山路上。泪水模糊了他的双眼，他走得很慢很慢，生怕颠着妻子。路过的风，呜咽着，晴朗的天空逐渐灰暗，像是快要滴下泪来。

"歇会儿吧，别累着了。"妻子气若游丝，声音微弱，语带关切。在生命的最后时刻，她心里装着的还是别人，唯独没有自己。

谭三老实、木讷，长年累月跟着包工头辗转各地做工。家里两个老人、三个孩子、几亩薄田，所有的重担全压在妻子一个人身上。妻子任劳任怨，将家里打理得井井有条。她病倒那天，他闻讯匆匆赶回。医生摇头叹息："你们来太晚了。回家准备后事吧。"

一场突如其来的大雨，掩盖了谭三的眼泪，模糊了他的视线。他脱下外套罩在妻子头上，背着妻子寻找避雨处。在密林深处，他发现了一间小木屋，门关着，但没上锁。

谭三叫了几声，无人回应。他推门而入。屋外下着大雨，屋内下着小雨。幸好床铺是干的。谭三安顿好妻子，找来锅碗瓢盆接雨。小屋里柴米油盐酱醋茶，一应俱全，充满烟火气息。谭三估计主人应该是临时出门未归。这雨一时半会儿没有停的意思，而且梅雨季即将来临。这房子漏成这样，根本没法住人。谭三找来工具，爬上屋顶，修葺漏洞。多年的工地生涯，他练成了全能，木工、砖工、钢筋工甚至电工。他像一块砖，哪里需要就往哪里搬，深得工头们青睐。

修好屋顶，主人还没回来，雨还精神抖擞地下着，没有停下来歇口气的迹象。他不停地找事做，完全不敢闲下来。他害怕面对妻子，更怕被妻子看见自己那如开闸的泪水。他找来闲置的木板，钉了一个简易书架、一张桌子、两条凳子。床后面那堆凌乱，厚如砖头的书籍，被他整整齐齐地码放在书架上，地板擦得干干净净，小屋收拾得井井有条。

天快黑了，雨终于累了，慢慢停息下来。他背上妻子继续往家赶。这时，有人闯进小屋，脱下黑色的雨衣。猛然看到眼前的不速之客，干净整洁、焕然一新的小屋，来人目瞪口呆，怀疑走错了地方。

看到小屋主人阴着脸，瞪着眼，谭三自觉理亏，连声道歉，"对不起。雨太大了，妻子病重，我们贸然闯了进来。我们只是避避雨，没拿任何东西。对不起。"

小屋主人神情孤傲，一张脸如雕刻般棱角分明，看不出喜怒哀乐。

谭三唯唯诺诺，"对不起，我们走，马上就走！"

"站住！"小屋主人吼了一声。

谭三浑身一震，差点把伏在他背上的病人给抖了下来。

小屋主人看了一眼奄奄一息的女人，沉声说道："把她放床上，我看看。"

谭三一怔，不敢反抗，依言照办。他双手紧紧抓住妻子，寸步不离。

小屋主人摸着女人的脉博，闭眼沉思。谭三紧张地盯着他，目不转睛。半晌，他睁开眼睛，直视谭三，沉稳地说："她的病，我能治。"

谭三，这个铁骨铮铮的汉子，终于放声大哭……

小屋主人留谭三夫妇俩住在小屋里，每天给病人针灸、推拿、喂中药……

奇迹，真的出现了。

三个月后，病人重获新生，夫妻双双把家还。

谭三是我妈妈的表姨侄儿，我的远房表哥。当初老家来电，说表嫂病重失救。妈妈提起苦命的表嫂，数度流泪。没想到，没过多久，妈妈又喜笑颜开地告诉我，表嫂痊愈了。妈妈给我讲了这个故事，如果不是我自己的母亲，我会怀疑这是一个童话故事。

爱出者爱返，福往者福来。谭三勤劳、善良，小屋主人感恩、向善。施人以爱，赐人以福，爱与福会长出翅膀，飞回自己身边。

谦谦君子

妈妈老了之后，爱上种花养草，以花草修身养性。百花之中，对君子兰情有独钟。君子兰是花中"谦谦君子"，我也为它们的美丽娇艳所折服。成功养死几株君子兰后，我投降，不敢再去戕害这"谦谦君子"。妈妈执意买来两盆君子兰，小心伺候着。

这个寒假，因为新冠肺炎疫情，超长待机。妈妈被困大姐家，最让她牵挂的是她的君子兰。她在视频里遥控指挥，让我务必照顾好她的宝贝儿。

按照妈妈的指示，我小心翼翼地伺候着娇小姐。君子兰也格外争气，长得苍翠挺拔，神采奕奕。不断有嫩绿的叶子从中间冒出来，向两边序列生长、蔓延。叶子宽宽厚厚，纹路清晰，在寒风凛冽的严冬里，茁壮成长。叶子由嫩绿变成深绿再变成墨绿，像一把把笔直的剑直指天际。没过几天我又发现，一根翠绿的花柄，从叶丛中伸了出来。叶柄头上顶着一簇花蕾。花蕾穿着碧绿的外衣，透过微微敞开的衣服，依稀可辨花瓣呈鹅黄色，像可爱的婴儿孕育在一团浓绿中，娇艳可爱。

我心生欢喜，想着等妈妈回来，看到她的宝贝长得娇羞可人，英姿勃发，该有多开心啊。

闲极翻书，我读到一则关于君子兰的寓言故事。传说有位公主爱上邻国王子，王子却对一个平民姑娘情有独钟。公主求而不得，向国王告密，王子所爱的女子被国王处死。王子因此对公主恨之入骨，不肯见她。公主相思成疾，一病不起。死后变成了一株君子兰，守望着王子的城堡。公主对爱情专一、执着，即便是变成了一朵不能自由行走的花儿，也依然忠贞不渝，令人敬佩。

虽是古老的传说，我却对君子兰的感情发生了改变。由受人之托，忠人之事，变成真心诚意地照顾它、喜爱它。不知哪位大师写过赞誉君子兰的诗句，深得我心："叶宽常叶绿，脉络宜分明。金盘托红玉，银蕊发幽情。立似美人扇，散如凤开屏。端庄伴潇雅，报春斗寒冬。"君子兰在凛冽的寒风里，傲然怒放，叶碧花红，亭亭伫立如美人。花开似孔雀开屏，提示人们，严冬就快过去，春天已在来的路上。君子兰不但端庄优美，花色艳丽，而且品格高尚，质朴纯真。

那天我忙完手里的工作，习惯性地踱到君子兰跟前。被眼前的一幕惊呆了。君子兰的花柄，被人拦腰斩断，只剩一层皮连着头顶的花蕾。有果必有因，我气冲冲地到处寻找"凶手"。小儿躲在角落，异常安静。我将他抓到君子兰面前审问，果不其然，他就是伤害君子兰的罪魁祸首。他委屈大哭，抽抽噎噎地分辨：我想给君子兰做个"美容手术"——在花柄上刻字。我用缝衣针刚碰了它一下，它就"啪"地一下裂开了。我怎么知道它那么脆弱呢。

小儿没有撒谎，君子兰周围的黄角兰、三角梅、无花果等树干上，的确刻了很多字，有的还绣上了几朵小花儿、小鸟儿、小蜜蜂。孩子的好奇心没有底限，看他泪雨滂沱的可怜样，我不忍心再责备他。我赶紧找来创可贴，希望能挽救。可我刚碰到它，叶柄继续开裂，伤口崩得更大。我的抢救，无意于给它的伤口撒盐。这君子兰也太弱不禁风了，根本碰不得。我轻轻给它缠上创可贴。郑重告诫小儿，离君子兰远点。

我愧对母亲的信任与嘱托，不得不选择了隐瞒。如果她知道，君子兰受不了我和小儿的双重伤害，已香消玉殒，她会难过的。原本盼母归心切的我，竟然希望母亲在君子兰的花期过了再回来。君子兰的惨状让我不忍目睹，不得不自欺欺人地回避它。

　　憋了一个星期之后，我忍不住偷偷去看它们。不待走近，一股幽香扑鼻，赫然发现，君子兰竟然绽放了花朵，风姿绰约，恬静安然。叶子晶莹剔透，花朵娇艳动人，亭亭玉立。那盆健康的君子兰，叶片像佩带着绿色宝剑的将军，沉稳地指挥着千军万马，霸气十足。黄红色的花朵像一个个小喇叭，朝天歌唱。每个小喇叭里黄色的花蕊像刚睡醒的婴儿，慵懒地伸着懒腰，萌化了我的心。尤其让我感动的是，那盆花柄只剩一点皮相连的君子兰，不但活着，还绽放了灿烂的花朵。只剩一点点的叶柄坚强不屈，威武刚强地支撑着八朵怒放的花儿。花们喜滋滋地向我张开笑脸，一点都不怪我和小儿"辣手摧花"。我由衷地爱上了它们，爱它们的美丽，更爱它们坚强不屈的精神。

　　寒冬腊月，百花凋零，草木枯萎，唯君子兰迎风绽放。我被那株身残志坚的君子兰震撼到了，立刻连线母亲。我激动得热泪盈眶，语无伦次。我向她承认错误，给她看她心爱的君子兰，是多么地顽强不屈。此刻我是真正为君子兰的精神所折服，为君子兰的风姿倾心不已。谦谦君子名不虚传，它们就像那些祖国各行各业的精英们，奋战在抗疫第一线，顽强拼搏，永不言弃。

那一片绿海

柳絮飘飞,杜鹃啼血,樱桃红透。久困愁城的城里人趁着周末好时光,纷纷往乡下涌去。踏青、摘樱桃、挖竹笋、赏花、吃农家饭……宁静的乡村,因多了这些不速之客,沸腾起来。

比之他们,我的心情更为迫切。思虑单纯,性格率真的我,早已厌倦职场纷争。分分钟想要逃离红尘,回归乡野。出了城,满眼皆绿,墨绿、青绿、草绿、深绿、浅绿……绿的山,绿的树、绿的水、绿的草地、绿的麦田……草如茵,绿如海。绿霸占了乡村,占领了人间,满世界都是绿,连呼吸的空气都是绿的。

河水也是绿的,下了一夜的雨,河水盈盈。岸边芳草茵茵,水与河岸齐平,河水荡漾,绿草飘浮在水面。习习微风,吹绿了河岸。鸭群脚步蹒跚,一拐一拐,"嘎嘎嘎"地唱着歌,你追我赶,"扑通""扑通"跳进河里。一个猛子扎进水里,钻出来,抖落水珠,昂起头,"嘎嘎嘎"地笑。他们也是被这满河滩的绿给震惊了吧,看它们得意的神情,快乐的笑声,一定是的。

谷雨微凉,雨后初晴。太阳像羞涩的小姑娘羞答答地跳出云层,发出温温柔柔的光芒，让人温暖、惬意。晴日暖风生麦气，绿荫幽草胜花时。更让人惊叹的，是那一片绿海，无边无际，滚滚伸向远方。绿像是长了脚，一路奔跑，一路洒下绿。成片的麦田碧波荡漾，高低起伏，层层涌动，像碧绿的海浪翻滚，热烈奔放。站在起伏的绿浪里，清风拂面，呼吸着泥土和着麦苗的芬芳，我的心情愉悦无比。

纤细苗条的麦苗努力挺直腰身，渴饮隔夜的谷雨，沐浴着阳光，拔节扬花。农人们戴着草帽，站在齐腰深的麦地里，俯下身去，淹没绿海里，一会儿又浮出海面，抬头看天。待我走近，才看到他们是在麦田里拔除杂草。一起一伏之间，古铜色的脸上漾满淳朴的笑颜。

一条羊肠小道蜿蜒伸向不知名的远方，道路两旁是一片片的绿。那是育种的玉米苗圃，地里有三五忙碌的身影。他们把玉米苗一畦一畦地装进篮子里，运到不远处的地里再次分栽。栽玉米苗的农人们坐在小板凳上，一字排开。"排排坐，吃果果。"我竟然想起小儿天天唱的儿歌，不禁哑然失笑。他们坐在小板凳上栽玉米苗，栽几株，凳子向前移动两步，慢条斯理，轻车熟路。他们笑语不断，手脚不停，像孩子们过家家，看似轻松惬意，爽朗的笑声传出去很远。

农人们一年四季都在这一片土地上劳作，虽然辛苦，却从容淡定，充实而快乐。让人心生敬意，更让我羡慕、向往。穿过一片一片绿意盎然的麦田，一直往前走，满眼皆绿，我像在绿海里荡漾。不管往哪走，眼前都是绿。绿色能让浮躁的心情变得平静，安定。绿色充满无限希望和活力，让人不由自主地变得珍惜时光，尊重生命。绿色像使者，带着爱心，让郁闷的人变得快乐。我带着愉悦的心情，徜徉在绿海中。

随着布谷鸟婉转动听的歌声，我踏上回程路。在一片一片绿海里，我看见了点点金黄，像是造物主的点金之笔，被绿簇拥着，闪着金光。走近那点黄，原来是几棵枇杷树，在宽厚绿叶笼罩下，藏着的金黄色的枇杷。枇杷羞羞答答，仿佛美女犹抱琵琶半遮面，不细看，还真看不真切。还有几团殷红，像是满世界的绿里，被点染了几点胭脂水粉。那是一树一树红透的樱桃，在绿海里寂寞着。

　　乡间半日游，蒙尘的心思被那片绿海洗涤，沉重的身心变得轻盈。

　　如果心情郁结，就去乡下走走吧。乡下不说话的花草、树木、农作物，甚至不曾搭话的农人，都是充满神奇力量的精灵，能治愈所有的不开心。迷失的灵魂会得到解救，所有的烦恼会烟消云散。生活琐事像退潮后的沙滩，被浪花冲刷得不留痕迹。

凌波仙子踏月来

上下班路上，店铺林立。一家小花店，夹杂其间。我是店里的常客。每到初冬时节，老板一定会在店门口摆上几盆水仙花球，招徕顾客。老板娘总是会挑几个最好的水仙花球，留给我。

回到家，我就迫不及待地寻找我的老朋友——青花瓷盆。一个专门用来养水仙的阔口盆，瓷盆清雅古典，色彩简单质朴，却有绝世风华。一古装美女跃然其上，遗世独立。是刚参加工作那年，单位组织去景德镇旅游，一见钟情，千里迢迢带回来的。从此变成水仙花的"私家园林"。几棵水仙花球，一泓清水。典雅的青花瓷盆，因有了水仙的装点，立刻灵动起来，仿佛是水仙赋予了青花瓷生命的活力。

气温一日低似一日。只要太阳露出笑脸，我便将花盆移到光照充足的窗台，让她们沐浴阳光的温暖。待到太阳偏离窗口，我又将她们抱回房间，储蓄阳光遗留的温度。

和煦的阳光催生出一汪新绿来。水仙球们争先恐后冒出嫩黄的新芽，像稚鸟的小嘴儿，惹人怜爱。眼看着，抽叶了；眼看着，长高了；眼看着，叶片丰满了。肥厚翠绿的叶片下，悄然萌发花苞。这些花蕾是什么时候孕育出来的呢？轻轻悄悄，潜滋暗长，让人惊喜、让人惊叹、让人泪目。生命的萌芽与成长，都是这么悄无声息的吗？都是这么欢欣喜乐的吗？

初生的苞蕾娇嫩欲滴，像饱胀的绿豆，鼓鼓的；翠绿的衣服微微敞开着，像初孕的少妇，一脸羞涩，却幸福满溢。她们是可爱又顽皮的孩子，躲在翠绿的叶丛中，遮遮掩掩，跟我捉迷藏。我总能找到她们，欣喜地看着她们。要不是她们太过娇嫩弱小，我都忍不住想要拥她们入怀了。从此，这些孩子便成了我的牵挂，每天出门进门，都会去看她们几回。那些苞蕾似乎在考验我的耐心呢，迟迟不愿绽放笑脸。等待的过程漫长又寂寥。她们也许正暗中蓄积着更大的力量，计划着带给我更大的惊喜。

连日来工作上的忙乱，竟几日无暇看顾我的水仙宝贝儿们。一日晚归，开门即被清香环抱，什么香？我心诧异，循香索源，原来是水仙开花了。十几朵水仙花竟齐齐开放，像比赛似的，精神抖擞，昂然挺立。士别三日当刮目相看，水仙总是给我意外的惊喜。

洁白的花瓣，嫩黄的花蕊，像一张张童稚的脸，对着我笑。记得一首誉水仙的古诗"得水能仙天与奇，含香寂寞动冰肌。仙风道骨今谁有？淡扫峨眉簪一枝。"含香寂寞、仙风道骨、淡扫峨眉，寥寥几句，写尽水仙的风情。在诗人的眼里，水仙就是那下凡的仙女，冰清玉洁，不染尘埃。水仙也真是花中仙子，在严寒的天气里，亭亭玉立，暗香袭人。也如美女头上精美的玉簪，摇曳生姿，风情万种。水仙花旁边，那精美花瓶里插着的梅花顿时黯然失色，从远方运来的温室百合也羞愧地低下了头。唯水仙，独揽群芳。

日日花香伴读，夜夜恬然入梦。不料一日夜半惊魂，家乡急电传噩耗，刚确诊肺癌才一个月的堂哥仙逝。天亮奔丧而去，几日后归家，方忆起水仙花儿还在窗外呢。寒风肆虐之下，不知她们是否安然。我飞扑出去，她们真的等不及我，已然香消玉殒。我心疼至极，却无计可施。

"朝朝暮暮泣阳台，愁绝冰魂水一杯。"水仙的美如惊鸿一瞥，花谢了，翠绿的叶也完成了护花的使命，逐渐枯黄，蔫头耷脑。我用剪刀剪掉枯叶，将水仙球埋进空置的泥盆里。我想，毕竟她们曾带给我欣喜，带给我感动，带给我馨香，总得让她们魂归泥土，算是她们最后的归宿。

转瞬又一个冬季来临。工作压力山大，人世纷杂，亦如履薄冰。破天荒头一年，竟忘了买水仙球来陪伴我的青花瓷。偶尔想起，不禁黯然。

一日加班至午夜，信步踱去我的园圃小憩。鼻端送来馨香，缕缕不绝。咦，馨香从何而来？似曾相识，却无从忆起，谁会在寒夜里怒放？谁会在这夜深人静里等我，只为送我一缕馨香？我追香溯源，赫然发现，墙脚废置的花盆里，满盆水仙娉娉婷婷。

在这孤寂清冷的寒夜里，水仙风姿绰约地盛放。如月宫仙女，娉婷婀娜，翠袂凌波，踏月而来。月下起舞，清影随形。柔和的月光，抚摸着她们的脸庞。她们昂着头，向着门的方向，巧笑倩兮，美目盼兮。望穿秋水，故人未归。我蹲下来，仔细端详她们。娇嫩纯情的仙女们像是盼到亲人，笑得愈加灿烂。我将她们捧回房间，热泪溢满眼眶。去年我葬下水仙的魂，今年她们报我以爱。原来我爱的水仙们，一直都在，从来不曾离开。

晓梦初醒

那天，天气阴沉，黑云压顶，飞逝而过的汽车纷纷亮起了车灯。一场暴雨即将来临，我们都没带伞，急着在大雨来临之前赶去"上岛西餐厅"。我站在百货商厦廊下，林子在街对面。

林子冲手机说："你站着别动，等我过来。"

我对着手机里的林子笑，"好的，等你过来，我们一起走路过去。"

"亲爱的，别着急啊。"他宠溺地对我笑，"红灯过了，我就在你身边了。"

绿灯亮起，林子收起手机，朝我飞奔而来。

一声刺耳的刹车声，林子轻轻地飞了起来，飞得好高好高。缓缓地，飘落地面，好像一只归巢的倦鸟。

蓄势已久的倾盆大雨一泻而下，气温瞬间降到了零度。

他只是想穿过马路与我会合，和我一起共进晚餐。简单的动作，却定格了一生。我向他奔去，双脚绵软如泥。我扑倒在湿滑的地面上，身下汪出一摊血，像火红的花儿悄然绽放。雨水击打着我的身体，冲刷着我滚烫的泪水。仿佛世上所有的汽车都停了下来，人潮涌向马路中间。没有人知道那躺在泥水和血泊里的，就是我丈夫。这时，他离我只有不到五米。五米，竟是那么遥远，远到一辈子都无法抵达。更猛的雨倾倒在我身上，倾倒进我的生命里来。从此，我的生命里每一天都是雨季。

为什么会这样？这条马路，我们一起走过了五年。我茫然地望着马路中央，我看到林子穿着那件我亲手为他挑选的米色风衣，向我走来，深情款款。他离我，只有不到五米的距离。

这一场雨，每一颗雨滴都砸在我的身上，砸进我的心里，是我一生一世，最难忘的一场雨。

林子，你知不知道，我那么急切地要见你，只为告诉你一个我们渴盼了五年之久的喜讯：我，怀孕了。

晓梦眼神空洞，语气淡漠，像讲述别人的故事。

"孩子呢？"我急切地问。

"随他而去了。"晓梦回答，眼神空洞无神，亦无泪。

当时，晓梦也晕过去了，和丈夫双双被送进医院急救。孩子流产了，丈夫抢救无效。瞬间失去两个亲人，晓梦从天堂跌入地狱。

那天，晓梦刚从医院确诊有孕，急切地想要告诉丈夫这一喜讯。

"都怪我。"晓梦手里反复摩挲着一部旧手机，嘴里一直喃喃："都怪我……我为什么不回家等他……等他下班回来再告诉他呢……"

手机油漆斑驳，屏幕破碎，已无法开机。晓梦像珍宝一样抱在怀里，不让任何人触碰。那是林子临终前与她视频通话时的手机。

"都怪我！都怪我！都怪我！……"痛失爱人和孩子，晓梦的精神崩塌，只剩躯壳。

我刚搬到这个小区，是被晓梦的老母亲拉来开导晓梦的。善良纯朴的老人，看我面善，又戴一副眼镜，以为我有办法救她的女儿。

"你什么也不用说，我知道你要说什么，道理我都懂。任何语言对我来说都是苍白的，我之所以愿意跟你讲我的故事，是因为不想让母亲太难过。"

我如鲠在喉，尴尬无措，僵硬地立在她面前。像犯错的小学生面对严厉的老师。

八年来，母亲请来了一拨又一拨人，同样的故事重复又重复，劝慰的话装了几大卡车。晓梦早已经麻木。

"您女儿太聪明了，送她去专业医院吧，或许还有点希望。"面对满怀期待的老母亲，我不得不硬着心肠，实话实说。

"试过了，医院不收，说她没病，比正常人还正常。"老母亲嘴唇微微颤动，脸上阡陌纵横，白发苍苍。

不忍看老母亲再度失望的脸色，我匆匆逃离。

晓梦那空洞的眼神，终日不见阳光的惨白脸庞，滔滔不绝如祥林嫂的喃喃自语、哀毁骨立的老母亲……它们如影随形地追着我，我食不知味，夜不能寐。实在受不了这样的煎熬，我将晓梦的故事讲给单位的刘大姐听。

单位年长的女性里，她最善良热情，聪明睿智，性格爽朗。更重要的是，她业余醉心于心理学研究，还说退休后发挥余热，去朋友的诊所从事心理咨询。

大姐听了我的讲述，不胜唏嘘，央求我立刻带她去看望晓梦。

我向大妈隆重介绍了刘大姐，大妈浑浊的双眼瞬间大放异彩，拉着大姐的手不肯放，像溺水者抓住了最后一根救命稻草。

刘大姐还没见到晓梦呢，就大包大揽，拍着胸脯保证。

我不禁为刘大姐捏了一把汗，人家晓梦什么人没见过，能说会道的居委大妈、口若悬河的特级教师、阅人无数的心理咨询师……大妈踏破铁鞋，求来一大堆各行各业的能人高手呐。

而且，更为重要的是，晓梦可是高级人才——经济学博士。

见过晓梦的人都说，她哪里有病，分明比正常人还正常嘛。

看到自信满满的刘大姐，我也不好多嘴。

刘大姐好几天没来上班了，一问，才知道她请了病假。反正还有一个月她就退休了，单位里没再给她安排实质性的工作。

看来刘大姐是真的要将好人做到底了。

转眼到了年底，单位团拜会上，刘大姐偷偷告诉我："晓梦恋爱了，你就等着喝喜酒吧。"

"啊！"我瞬间瞠目结舌，"你用了什么方法？这么神奇。"

刘大姐故作神秘，笑而不答。

我不依不饶，非得问出个子丑寅卯。

"说了你也不懂。这是我的'独门绝技'，心理疏导、吃药、针灸、带她旅游……多管齐下。"大姐说罢，又大摇其头，"可比我上班累多了。"

刘大姐笑着离去，留下我满头雾水。

一日下班回家，偶遇晓梦的老母亲。老人家精神奕奕，与街坊大妈说说笑笑，正准备去跳广场舞呢。

老人家拉着我的手，连声感谢。说起晓梦的现状，老人的脸笑成一朵菊花，灿烂而明媚。

我终于相信了刘大姐的话，心里由衷地为晓梦走出愁城，开始正常工作生活而高兴。

周日，我慵懒地窝在沙发里读书。电话铃响，竟然是晓梦——约我去喝咖啡。

眼前的晓梦让我恍惚，几度怀疑认错了人。

一袭天蓝色连衣裙，如丝黑发似瀑布流泻。身材高挑，妆容精致。优雅，干练，容光焕发，踌躇满志。完全是一个光彩照人的都市丽人啊。

不用我问，她主动打开了话匣子。

"刘大姐几乎是二十四小时跟着我。十多天后，我烦她比我妈还管得细管得严。她也烦我太顽固，针插不进，水泼不进。"

"后来又带我到处旅行。每天针灸穴位。"

……

"把我拉到老公孩子墓前，一顿臭骂，把我骂得狗血淋头。"

154

晓梦的脸上依然有痛，却再也看不到一丝颓废与厌世。

"大姐说，'要么抛下老母亲，追随老公孩子而去，要么打起精神，活个人样出来，才对得起一往情深的老公，垂垂老去哀哀痛哭的母亲。'"

"大姐丢下我走了。我一个人在墓前哭得肝肠寸断，直至昏厥。醒来，我发现我躺在她朋友的诊所里。"

晓梦轻轻叹息，泪水无声地滴落。

"我开始乖乖地配合大姐，在她的悉心照顾下慢慢地走了出来。"

"我回单位上班了。也开始试着接受异性的追求。"说到这里，晓梦笑了，笑出了泪花。

是啊，逝者已逝，只余追忆。对逝者最好的怀念，是替他们好好活着，一个人活出三个人的精彩。

输了爱情，赢了人生

1

姜楠走了，彻底从我的生命中消失。

输的明明是我，他却哭了。

圣诞树上的彩色小灯闪烁着，变幻着五颜六色的光华。满墙姜楠亲手贴上去的"我爱你"剪纸，像一幅充满讽刺的漫画。

2

刚毕业第一年，我进入一家合资企业。快节奏的大都市生活，拥挤的集体宿舍，宿舍里复杂的人际关系，让我疲于应对。

辗转在城中村租到了一间灰暗的板房，自己动手买来白底小蓝暗花儿的墙纸贴满四壁，简陋的屋子立刻亮堂起来。下班后，穿行在闹市，寻觅中意的宝贝，一点一滴地装饰、充实自己的小屋。我的小屋挂满了琳琅的小饰品，美得像欧洲童话电影。

姜楠来了，像一只迷路的小狗，误入我的童话小屋。

姜楠的老乡刘波就住在我的隔壁。从此，以找刘波为借口，姜楠流连于我的小屋。

我们很快热恋了。他说，是我童话般梦幻的小屋，诱惑、安抚了他疲累的灵魂。

姜楠和我一样，毕业后就漂在这个城市里打拼。他是那个说得最少干得最多的人，却总是得不到大 BOSS 的青睐。

他总是提前来我们公司楼下，等我下班。我们一起挤地铁，一起去超市采购，一起回家做晚餐，有时叫上隔壁的刘波。无论是小屋里的欢声笑语，还是厨房里的烟熏火燎，都弥漫着幸福的味道。

在我的不断鼓励和出谋划策下，姜楠的聪明才智，工作的成绩慢慢引起老板的注意，渐渐得到老板的认可。最后终于上任部门经理，分得公司里的一居室。

他说是我带给他的好运，他会加倍珍惜。我是他要爱护一辈子的珍宝。姜楠希望我搬去他的公寓同住。

对自己一手打造的温馨小屋，我不舍离去。我也不愿做爱情里那攀附的藤。

姜楠没再强求。

姜楠送我两尾金鱼。说那条黑如点墨的是他，那条红似桃花的是我。两只金鱼在水晶般晶莹的玻璃缸里游来游去，时而活泼舞动，时而交颈缠绵，时而窃窃私语，像热恋中的情侣。

3

姜楠来的次数越来越少，总是借口工作太忙或者要出差。

没有了他的生活，我很不习惯。

姜楠曾说过，他是男人，他要打拼。他要为自己心爱的女人创造幸福的生活。远方农村辛苦了一辈子的父母，也在翘首期盼着他，光耀门楣。

那晚我从睡梦中疼醒，浑身冷汗，像一尾离开水的鱼，我以为自己将要死去。这一刻，我才发现，姜楠好多天没来小屋了。我颤颤巍巍拨通他的电话，电话里他的声音空前的冷淡，隐约透着打搅好梦的愤怒。

刘波将我送进医院，流感伴随急性肠胃炎。住院期间，姜楠从未出现过。每每我问及姜楠的近况，刘波目光闪烁，欲言又止。

屋漏偏逢连夜雨，出院回家已经是两天后的一个晚上。

门虚掩着，没有开灯。我以为是姜楠回来了，喜欢制造小浪漫的他，总能给我意外的惊喜。

意外！的确是。

小屋里一片狼藉，抽屉被撬开，书柜、衣橱被翻得七零八落，我的小屋被小偷洗劫一空。

给姜楠打电话，想对着他痛哭，想跟他述说多日来的委屈和思念。电话里传来冰冷的语音提示，您所拨打的电话已关机。

等待，如弯曲又绵长的曲谱，我一路弹下去，始终没有遇到休止符，直到双手血肉模糊，琴弦绷断。

时间像一尾轻快的鱼滑过。春来冬去，四季轮回。姜楠杳无音信。

他消失得理所当然，干干净净，好像我们的爱情，原来只是一场梦。

那只红若桃花的鱼莫名死去，几天之后另一尾鱼也静止在水面。或许是失去伴侣的黑鱼太孤独落寞，郁郁寡欢而终。正如我们的爱，用情太深，却如烟花般绚烂而短暂。

我的天空如遭遇雾霾，连路边香樟树也替我悲伤，像是蒙上了一层灰。偌大的城市，人群熙攘，热闹非凡，我却感到从未有过的孤独。

我开始沉默，低着头在这个城市匆匆行走。我总想躲回自己的小屋里，像蜗牛缩进自己重重的壳里。

刘波不时来我的小屋坐坐，闲聊几句家长里短。对姜楠，却闭口不提。他不说，我也不问。

小屋前有一个花坛，一些杜鹃，一些木槿，一些不知名的矮株灌木，寂然生长，却也郁郁葱葱。月光斜斜照过来，我坐在门前，看云卷云舒，看那不甚分明的云流过来又流走。

温暖的夜风轻轻地漫过全身，可以闻到远处淡淡的夜来香味。

刘波对我说：别再等他了……不值得。

这时有风路过，吹起微尘迷了我的眼睛。

4

我和姜楠的故事注定成为一段逝去的传说，不留一丝痕迹。

清理掉他所有的物品，删除对他的怀念。我需要来一场说走就走的旅行，为我短命的爱情画上一个休止符。

南方的海滨小城，椰风吹拂，温暖而轻柔。霓虹灯闪闪烁烁，连接成一片灿烂的海洋，看不到尽头。

我在人群中晃来晃去，看形形色色的路人。人人表情各异，却都行色匆匆。看似千篇一律，其实却各有千秋，这个世界真是个大杂烩。

不知不觉晃进街心公园，灯光昏暗，行人稀少。

灌木丛里，小石桌边，到处是缠绵悱恻的情侣。有风吹树梢发出的声音，有秋虫唧唧，有黑夜的呢喃。我到处寻找，想放松自己酸胀的双腿。

一对情侣章鱼似的缠绕在一起，忘我地亲吻，发出不堪入耳的声音。

路灯幽暗，我不小心碰翻了一个什么东西，巨大的声响惊动了纠缠在一起的章鱼，两双愤怒的眼睛像要飞出尖刀来。

我慌不择路，仓皇而逃。不敢停留，不敢回头。逃到灯火辉煌的大街上，依然心惊肉跳。

我蹲在马路上，手捂着胸口，惊魂未定。车水马龙，从我身边飞驰而过。我突然笑了，不可抑制地笑，有一丝孩童般恶作剧得逞的快意。刹那间我获得了顿悟，人生如戏，何必太在意。姜楠只是个不值得留恋的过客。

美丽的海滨小城真是人杰地灵，水光山色，风景秀美。自从内心真正放下这段感情，余下的旅程愉快而惬意。海风吹走了我头顶的乌云，我祈愿，从此我的天空，每一天都是阳光普照。

回到熟悉的城市，熟悉的小屋，我从外到内都是崭新的。想要开始全新生活的心情是那么迫切。我不愿再做那个自怨自艾的小配角，面对生活，我要主动出击。

我全身心投入工作，公司、小屋两点一线。总是上班最早，下班最晚的那一个。以前从不屑参加的各类公司活动再也不缺席。以前说我清高冷傲的同事们欣然接受我的转变。我欣喜地发现，只要自己放低姿态，在这个温馨融洽的大家庭里，每一个人，都是那么的可亲可爱。

我的勤快和不断推陈出新的创意，引起上司的注意。上司试探性地将一些重点设计工作交给我，我总是漂亮地完成任务。慢慢地，上司开始让我担任一些大型设计任务的总设计师，我全力以赴，从不辜负上司的信任。

工作之余也接一些外面的私活，别具一格的设计风格很受顾客欢迎。老顾客介绍新顾客，一传十，十传百，我在设计界开始小有名气。

我慢慢变得独立而坚强。在同事的邀请下，我参加了本市一个驴友队，周末结伴暴走、登山、烧烤、露营。

蓝天宁静悠远，路边的野草野花翠绿娇艳，山间的风凉爽宜人。同行的朋友们亲密、自然，没有防备没有猜忌没有算计。人与人之间的友谊，纯洁得如水晶般透明自然。

我惊喜地发现，原来生活中到处都是阳光。太阳底下，一切都那么清新可爱。

我在一个高档小区按揭一套两居室，正在精心设计自己的梦幻小屋。

我越来越自信，越来越光彩照人，甚至憧憬着创建一个自己的工作室。

好事总是接踵而至。当大 BOSS 宣布，我升任设计总监，会议室响起热烈的掌声，同事们纷纷真诚地祝福我、鼓励我。

我搬进宽敞明亮的独立办公室，婉拒了公司分给我的一居室，只接受一辆代步汽车。

5

圣诞夜，我和公司里的同事们一起去酒吧狂欢。

深夜，尽兴而归。

小屋的门居然虚掩着，我心里一凛，难道小偷再次光临了寒舍？我下定决心，明天就搬家。

我脊背发凉，手里的钥匙簌簌地抖。推开门，屋角有几颗小星星一闪一闪，一个鬼魅的黑影立在屋中央。

"是谁？"我声音颤抖，壮着胆伸手摸开关。

"别开灯！"黑影也声音颤抖。

是他，他来干什么？

姜楠扑过来抱着我，浑身颤抖，呼吸急促。我奋力挣脱。

空气凝固，死一般地沉寂。

我没说话，他也不开口。屋里只有他粗重的喘息声。

时间流逝，沉默依旧。我失去了耐性，冷漠地下逐客令。

姜楠"扑通"一声跪下，痛哭流涕地请求原谅，声泪俱下地述说。

原来，因为疲于应付那个自称家世显赫的新欢无止境的物欲和情欲，他的工作频频出错。公司领导一再给他机会，直到他给公司造成无可挽回的大笔资金损失，公司领导才醒悟，此人不堪大用，予以开除。

姜楠没有申辩，没有一丝悔意，傲然离开。他不怕，他输得起，家里有一座对他情有独钟的金矿呢。离开你这个公司，爷很快就会有自己的公司。回到家，"金矿"已悄然离开，席卷了他所有的钱财，消失得无影无踪。

姜楠疯狂地寻找，却毫无头绪。他对那个女人竟然一无所知，估计连名字都是假的。

转而去求曾经的老板，却发现，他当初的竞争对手坐上了他曾经的交椅。姜楠不甘心，不懈地追查，结果令他万劫不复。那个发誓爱他生生世世，不离不弃，最后令他一无所有，身败名裂的"富家女"，竟然是竞争对手高价请来的"职业勾引人"。

失业又失恋的姜楠身无分文，居无定所。他想起了我，想起了我的温柔娴静，无欲无求。

姜楠撬开我的门锁，用圣诞树和剪纸装点我的小屋，想要给我惊喜。

惊喜？我脊背僵硬，默然无语。我的生活丰满而充实，没有一丝缝隙盛放你的惊喜。

姜楠像一条狗，匍匐在地，乞求原谅，乞求一个重新开始的机会。

太迟了，我不再是那个柔弱无依的弱女子，你有你的梦想和追求，我有我的伤痕和骄傲。

我孤立无援时，你在哪里？

那两条曾经相爱，为爱赴死的鱼，你能让它们重生吗？

我柔软的心早已裹进坚不可摧的铠甲里，你早已成了我生命里的陌路人。

男儿膝下有黄金，只跪天地和父母。这样奴颜婢膝，动辄下跪的男人，我更不屑。我甚至懒得再看他一眼，懒得再听他说一句话。撇下那个喋喋不休、哭天喊地的泪人，我来到大街上。城中村的街道，夜晚总是那么安静，路灯昏黄，行人稀少。

夜色沉静，如一池平静的湖水。晚归的车灯闪过，像一枚石子轻轻投掷湖面，激不起我内心的一丝涟漪。

6

回到小屋，姜楠已经走了。

圣诞树上的彩色小灯闪烁着，变幻着五颜六色的光。满墙姜楠亲手贴上去的"我爱你"剪纸，像一幅充满讽刺的漫画。

"明天来帮我搬家。"我给刘波发了一条短信。

第五辑 奋斗的人生终将闪耀

爱你就不会让你受伤

邓操是我闺密的弟弟,婚礼前夕,未婚妻不辞而别。一朝被蛇咬,十年怕井绳。从此,他不再奢求爱情。

那天,他是在朋友的强拉硬拽之下进入KTV的,是朋友的生日包场。

一群人玩得正嗨。他喜静,却不懂拒绝朋友的盛情。

朋友被一个漂亮妖娆的女郎拉进了舞池。

邓操百无聊赖,拿出手机,准备玩游戏,消磨无聊的时光。

眼角余光瞥到,角落里,有一个孤独的灵魂在燃烧。她着一袭黑礼服,左手夹着烟,右手端着酒杯,跷着二郎腿,斜倚在沙发上。手里的烟头一明一灭,如暗夜里的幽灵在跳舞。

本能地,他对她生出了反感。他是传统得近乎迂腐的人,最不喜浓妆艳抹抽烟喝酒,放浪形骸的女孩。他觉得那是堕落女人的行径,香烟和烈酒是风尘女子的标配。

邓操心不在焉,游戏对他失去了吸引力。那个燃烧的灵魂像有某种魔力,他的目光总是不自觉地越过群魔乱舞的人群,追随着她。

其他人都是成双成对,或翩翩起舞,或推杯换盏,或在灯光幽暗处喁喁缠绵，只有他和她是单身赴约。

两个寂寞的灵魂坐在相距甚远的两处角落，与这疯狂的音乐、暧昧的氛围极不协调。

她在灯光的暗影里，独自买醉。一杯接一杯，似嗜酒如命的酒鬼，停不下来。烟头的明灭之间，他看见，她的脸颊上，闪着莹莹的泪。

无声的泪，引燃了他那颗沉寂多年的心。他竟不知不觉地向她走去，一向腼腆木讷的他，自己也不知道要干什么。

几乎同时，她也站起来，似乎是想要离开这个嘈杂的环境。踉跄着走了两步，摇晃着倒在地上。

他几乎是小跑着赶上去，扶起瘫软如泥的她。

旋转飘忽的五彩灯下，她微闭双眼，面如冷青色的瓷器。将她安置在沙发上，她坐不住，不停往地上滑去。

邓操束手无策，叫来朋友。朋友看到她的醉态，意味深长地笑：给你个机会，送她回家。

他几乎是半拖半抱地把她弄上车的，根据朋友给的地址，一路寻找，送她回家。

那是怎样一个家啊，空旷、冷寂、没有一丝烟火气息。

洁白的茶几上有一个青花瓷瓶，瓶里插着几株百合。百合花正寂寞地灿烂着，一如孤独的主人。

床头柔和的灯光下，她眉眼如画，红唇微启，凌乱的发丝拂在脸上，楚楚可怜的模样，让他心醉神迷。

他情不自禁伸出手去，在半空停留一会儿，然后整理好她的一头乱发，替她脱掉鞋子，为她掖好被子。

真是个与众不同，惹人怜爱的女子。

他有些流连。朋友交代的任务已经完成，必须尽快离开，心底有个理智的声音在提醒他。邓操苦笑着摇摇头，轻轻地关上房门，退了出来。

这是个璀璨的不夜城，到处灯火辉煌，炫目的霓虹灯扑朔迷离。此时本该万籁俱寂的大街上，却车水马龙，人群熙攘。

冷风迎面扑来，邓操不由得打了个寒战，思绪翻滚的头脑一下子冷静下来。

他与她，两个世界的人，注定不可能产生任何交集。

他努力不去想那个不经意闯入心扉的女子，眼前却不断晃动着她娇媚的模样，如影随形，挥之不去。他辗转反侧，难以入眠。

翌日，邓操去公司楼上找朋友谈事情。电梯门刚要关上，他看见她急匆匆飞奔而来，手里抱着一大摞文件，一路叫着"等等我"。

精致淡雅的妆容，白色的连衣裙，如丝的黑发，颈间系着一条飘逸的红丝巾，优雅，干练，步履轻盈，仪态万方。

邓操被眼前的女人吸引了。他和她竟在同一栋写字楼上班，而他们却从来未曾相遇。他正欲招呼，她向电梯里的每一个人点头、微笑、致歉。眼神扫过他，也只是礼貌的一瞥，竟没有一秒停留。她对他，根本没有一丝印象。

今天的她和昨晚的她，判若两人。她灿烂的笑靥如花儿开在他的心里，成为永恒。

几天后，朋友请邓操吃饭，那女孩也在。席间朋友告诉她，那晚是他，送醉酒的她回家的。朋友促狭地笑，"有没有趁美女醉酒动坏心思啊"。他腼腆地笑，她的脸亦红艳如花。

他如谦谦君子，阳光、俊逸。满脸宇宙无敌自恋，笑起来阳光温暖自信，话虽不多却博学多才，谈起生意经来，一副运筹帷幄的胸有成竹。她对他好感倍增。

她凝脂般的肌肤，长长的睫毛微微地颤动着，声音软糯，知书达理，有礼有节。他对她大为改观。

一顿饭，让他们一见如故。此后，相约咖啡馆，流连于公园、影院，似乎有说不完的共同话题。

她主动告诉邓操，她的初恋故事。

168

19岁的青葱年华，班上俊逸洒脱的班长，爱笑爱闹爱足球爱唱歌，相约一起晨跑，跑着跑着就跑成了恋人。每天风雨无阻，她多想就那样和他一路跑下去，直到天老地荒。

男朋友的突然离开，让她手足无措。收到他的信，他已经在遥远的澳大利亚。她感觉天塌地陷，她知道，这样不辞而别意味着什么。可是她不甘心，曾经那么如胶似漆，情比金坚，怎么就像一阵风，倏忽一下就烟消云散了呢。

她疯狂地给他打电话，电话却已停机。他人间蒸发了一般停用了所有社交工具，QQ停用、微信停用、电话号码停用，写信，查无此人。

她找遍了所有能想到、寻找到他的方式，穷尽一切办法去找他。要好的朋友、同学、老师、他的亲戚、他的哥们儿……他却消失得干净彻底，不留一丝痕迹。

一切皆有预谋，只是她太过信任他。说是回家看望生病的奶奶，却一去十多天无音讯。

她心如死灰，学会了抽烟、酗酒。喝到微醺，点燃一支烟，在左手腕上烫一个疤，火星在皮肤上哑哑地燃烧，她却两眼空洞，毫无知觉。

她每天沉溺在悲痛中，烟瘾、酒瘾越来越大，手上的烟疤越来越多，重重复叠叠。

在一次酩酊大醉后，她割腕自杀。被抢救回来，手腕上又留下了一道丑陋的疤痕，烫伤、刀伤，疤痕叠着疤痕，像洪峰过境后的沟壑，阡陌纵横，丑陋得曾吓哭了邻家小孩。

从此她将自己的感情紧紧封闭起来，按部就班地上学、毕业、工作，不再相信所谓的爱情。

难怪从见到她第一眼起，她从来都是长袖在身，从未见过她露过手腕。

看着那些蜿蜒的疤痕，邓操心疼不已。他拥她入怀，手指轻轻抚过那些伤疤，一寸一寸都是疼爱与呵护。她的心，被柔软地濡湿了。

邓操向她讲述自己深藏心底的爱情故事，她为之动容。

两颗相同遭遇的心彼此靠拢，冰封多年的感情世界正慢慢融化。

一年后，婚礼上，新郎牵着新娘的手，款款而来。新娘手腕上纹着一朵怒放的玫瑰花，灿烂，夺目。闺密对我耳语，那是我哥亲自给嫂子纹上的。

在众亲友的见证下，他对她说：即使你曾经沧海桑田，也是时光留给岁月的一抹芬芳。我爱你，一生一世，不离不弃，再不会让你受一点点伤。

大爱之人，天必佑之

　　家与单位相距不远，步行二十分钟即可。我每天上下班都是安步当车，既可欣赏沿途美景，又通过步行，达到锻炼的目的。

　　上班路上，有一年轻帅气的男子与我相向而行。除了节假日和出差，基本上每天早晚都会碰面。时光飞逝，一晃已近十年，我们成了熟悉的陌生人。

　　他中等身材，偏分头，国字脸，剑眉星目，笑容迷人。见面微微一笑，露出两排洁白整齐的牙齿。他轻轻颔首，与我擦肩而过。

　　今年有些反常，连着好几个月不曾相遇。夏天过去，秋天也加快了脚步。他依然没有出现，不知他是搬了新家还是换了单位。上下班路上失去了一道养眼的风景，我有点怅然若失。

　　本以为再也遇不到了。一天上班路上，他出现了。整个人像老了二十岁，面容憔悴，精神萎靡，头发几乎白了大半。之前那么风流倜傥的一个人，再见却暮气沉沉。尽管如此，我们碰面时，他依然微微点头示意，彬彬有礼，只是脸上那迷人的笑容消失殆尽。

　　仿佛又恢复到了从前的模样。每天我们相遇，点头，擦肩而过。某日下班路上，我远远看见他迎面走来，我正欲示意。突然，前面小巷里蹿出来一只小狗，无巧不巧，正好撞到他的腿上。他立刻目露凶光，朝小狗飞踹一脚。小狗猝不及防，飞出老远，趴在地上哀嚎着，许久都爬不起来。

我目瞪口呆，心跳加速。这反差也太大了，我几乎不敢相信，现在的他和之前的他是同一个人。我曾亲眼看见，就是这个人，对衣衫褴褛，恶臭扑鼻的流浪汉都是充满温情的。好几次我看见他伸手帮助残障人士，往乞丐的纸箱里放十元五元零钞。路上不时有流浪狗出现，也从未见他表现出厌恶之情。这个人怎么了？为什么短短几个月不见，就性情大变？

此后，我又见过两次他对流浪狗发难。那仇恨的双眼像要喷出火来，似乎对流浪狗深恶痛绝，欲置之死地，再敲骨吸髓。真没想到他竟如此冷酷无情，我对他敬而远之。每次从家里或单位出发，我都故意提前或者延后几分钟，目的就是为了错开时间，避免与他碰面。

日子不紧不慢地流逝。这条路是我上下班的必经之路，也是他的必经之路。我虽刻意回避，有时却避无可避。面对他假仁假义的点头示意，我假装没看见。这个伪君子，我不屑与他有任何交集。

同事莉要参加职称考试，向我借阅资料，下班后与我一起回我家去取。路上遇到他，莉与他热情地打招呼，向他介绍我，我扭头看街边的风景，假装没听见。

待他走后，我埋怨莉的多事，欲控诉他的冷酷无情。

莉不以为然，惋惜地叹息："你知道吗？这个人好可怜的！哎，上天真不公平。"

我愤愤然："可怜之人必有可恨之处。"我向莉揭露他的暴行，让莉看清他的真面目，奉劝莉远离这种道貌岸然的伪君子。

莉仿佛没听见我的控诉，自顾自地说："他家和我父母家是邻居。他原本有一个幸福的三口之家，半年前，他八岁的女儿上学路上被流浪狗咬伤，虽然及时注射了疫苗，但还是狂犬病发作死了。妻子和他离了婚，离开了这个伤心之地。原来多么阳光帅气、意气风发的一个人，你看现在都成什么样了……"

莉还在喋喋不休地说。而我浑身冷汗，震惊得无以复加，自责得羞愧难当。我万万没想到，他竟遭遇过如此可怕的、毁灭性的打击。我对他的遭遇一无所知，却自以为是地轻视他，怀疑他的人品。换位思考，如果我是他，遭此厄运，失去至亲，定会失去活下去的勇气。我自责又羞愧，我有什么资格站在道德的制高点上去揣测别人，谴责别人。有些切肤之痛，外人永远无法感同身受。

之后再度相遇，我们不再只是点头示意，变成相互问好，有时停下脚步攀谈几句。因有莉的介绍，我们成为了朋友。

他有一个好听的名字——冯春。

随着时间的流逝，他已慢慢释然。他现在周末都会去养老院或寺庙做义工，打发孤寂的时光。灿烂的微笑慢慢又回到了他的俊逸的脸上。对身边穿梭的流浪狗也能泰然处之。

那天，刚跨出公司大门，才发现天阴沉沉的，不知什么时候下起了小雨。气温不到三度，天冷得哈气成霜。我戴上帽子，裹紧大衣急行，只想着快点回到温暖的家里。

瑟瑟风雨中，一个老人缩着脖子蹲在昏暗的路灯下，形容枯槁。他面前有一个竹筐，筐里躺着几个孤零零的胭脂红萝卜。看情形，老人要卖完这些才会回家。红通通的双手颤抖着，冻得就像筐里红彤彤的萝卜。

"胭脂萝卜，三块钱一斤。胭脂萝卜，三块钱一斤。"行人匆匆走过，没人理会老人有气无力的叫卖声。

冯春已经走过老人身边，迟疑片刻，又返身回去，将自己的雨衣脱下来披在老人身上，温和地说："老人家，快回去吧。外面太冷了。"老人固执地摇摇头。冯春掏出一张百元币，塞进老人怀里，对老人说："这些我买了。最近几天温度降得厉害，别出门了。"说完将筐里剩下的几个萝卜用袋子装上就走。老人激动得手直哆嗦，紧追几步，可哪里追得上箭步如飞的年轻人。

　　他脚步匆匆，与我擦肩而过。走得太急，他并没有看到我。看到这一幕，我感动得眼眶湿润，一股暖流流遍全身。我摘下围巾，戴到老人脖子上。我对老人说："老人家，快回家吧，别让关心您的人担心。"

　　一位作家说过："善良不是刻意做给别人看的一件事，它是一件愉快而且自然而然的事，就像有时候，善良就是为了心安理得。"

　　冯春是一个善良有大爱的男人，这样的人，天必佑之。

善心人，天不负

接连几天的淫雨绵绵，阴风瑟瑟，偌大的果园到处湿漉漉的，被狂风暴雨打落的青果、枯枝败叶，横七竖八，一片狼藉。

哑巴巡查完整个园子的时候，暮色已经降临，四野泛起了淡淡的雾霭，像飘逸柔美的缎带一般缠住远处的田畴和村落。

整个果园颓败、萧索、凄凉，过分的宁静使人感到这荒山上没有生命的存在。这荒山上，除了哑巴，再无任何人。暮霭沉沉，晚风嗖嗖，有一股难禁的寒意与孤寂袭来。哑巴走进草棚，躺在用木板搭成的简易床上。一条方石砌成的桌上放着一盏马灯，微弱的灯光忽明忽暗地晃动着，投射在棚顶的树影，如鬼影森森，像是有些生命的幽灵在踯躅、徘徊。

刚停歇了半天的风雨又卷土重来，哗啦啦的大雨似瓢泼。狂风呼啸，风撼着树，树发出痛苦的呻吟，疯狂摇摆着。风肆意狂暴，怒吼着像要把所有的果树连根拔起。风声尖厉，单调凄厉，像阴魂在黑夜里怒吼。

明早起来，各种青涩的果实又是满地。哑巴有些心疼地想着。他苦笑着摇摇头，暗自嘲笑自己，果实收成如何，似乎不是自己应该关心的问题。他吹熄了马灯，裹紧盖在身上的薄被，风声雨声伴他入睡。

睡意正浓，哑巴被一阵凄厉的叫声惊醒。他侧起身仔细倾听，像一个人在痛苦呻吟，又像不知名的动物在哀叫。那可怜凄惨的叫声，随着阵阵夜风，越来越清晰，越来越凄切。他爬起来，提着马灯循声找去。

狂风暴雨已偃旗息鼓，月亮和星星也许是累了，溜到夜幕之下打盹去了。夜空寂寥，仿佛天地万物都睡着了。山上的一切，成了黑漆漆的一片，根本辨不清哪是路哪是沟。哑巴深一脚浅一脚地在泥泞的果林里寻找，竟然在那积满了累累落叶的水沟边，找到了一只灰色的小狗。它浑身湿漉漉，虚弱地趴着，痛苦地哀叫着，颤抖着。

哑巴将小狗塞进自己的衣服里面，用体温温暖着它冻僵的身体。回到窝棚，哑巴用毛巾仔细擦干它身上的水，再用干净的衣服包裹着小狗冰凉的身子，把它偎进暖暖的被窝里。

哑巴救活了小狗，从此一人一狗，相依为伴。

小狗乖巧柔顺，善解人意。孤寂难熬的日子，有了小狗的绕膝承欢，哑巴不再感到凄凉与悲哀。那无边空旷的黑夜，小狗用"吭吭吭"的叫声把它填满。仿佛日子已经苦尽甘来，仿佛是苦盼了一生的幸福，终于一点一点地回到了他的身边，他觉得自己富足得像是拥有了全世界。

他们最喜欢的游戏是捉迷藏。他跑得远远的，躲在哪块石头后面。或者爬上一棵高高的果树，躲在茂密的枝叶间。聪明的小狗每次都能准确无误地找到他，得意地扑在他身上，上蹿下跳。轮到哑巴找它时，却往往老半天也寻它不见，总是在他找得恼火发脾气时，小狗才悄悄从某个角落钻出来，冷不丁地从他背后抱着他的腿，用嘴蹭他的手。哑巴假装生气不理它，它就一口将他的手含住，虽不痒不痛，但也休想抽得出来。哑巴亲昵地在它头上拍几下，对它展露笑脸，它才肯放过他。他们玩得那么开心，像两个无忧无虑的孩子。

原本哑巴不叫哑巴，他有一个特霸气的名字——张伟强。伟强生活在一个贫穷但温暖的家庭里，在他八岁那年，一场厄运夺去了他的双亲。二叔接管了他们家所有财物和伟强，慢慢地，伟强就失语了。失语之后的伟强，理所当然地被学校拒收了。伟强失语之谜，乡亲们心照不宣，却绝口不敢提。渐渐地，伟强的名字就被哑巴之名给替代了。哑巴长到十岁就被二叔赶到荒山上，为他照看果园。

一间草棚，一床破被、几件旧衣、一口破锅，这些就是哑巴的全部家当。

时光流逝，小狗已经长大，哑巴也长成了一个年近二十岁的壮小伙。二叔送上山来的那点粮食，已不够两条旺盛的生命果腹，哑巴只好挖一些野菜充饥，也学着乡亲们种些蔬菜，往往也让狗吃饱了他才舍得吃。在果实将熟未熟时，摘点果实充饥。在果实成熟之后，二叔就会率领一帮人上山，如鬼子进村，将水果扫荡一空。在二叔看来，哑巴只是他喂养着照看果园的"狗"而已。是冻是饿，是病是灾，从不过问。村里除了老弱病残，青壮年都外出打工赚钱，谁也不敢过问。二叔买通关系，多年来稳坐本村村长这把交椅，谁敢招惹他？谁敢不唯命是从？在偏僻小山村，村长就是绝对权威。何况山高皇帝远，他就是这个穷山沟里的太上皇。

果园远离山脚的村落，也许山下的人们早已忘了还有这么一个人的存在。十多年了，哑巴似乎也已忘了自己的名字。他从未下过山，对山下的世界更是一无所知。悲哀吗？似乎已经习惯得近乎麻木。孤独吗？只是梦中常依偎在妈妈怀里，醒来，树还是那些树，山还是那些山。孤独寂寞冷还是他的日常。它来了。不知从何而来？为何闯入这荒凉的果园中来了？

小狗的到来，才使他的生命中充满了一些色彩，才让他感到这个世界不再悲哀，不再凄凉。他也有"人"在爱着他，陪伴他度过一个个又一个难熬的白天黑夜，度过凄苦冷寂的岁月。

绵长的冬夜，寒风从破旧的草棚缝隙吹进来，冻得哑巴辗转反侧，难以入眠。他们一起围着果树赛跑，跑得周身暖和了，走进茅屋，狗就躺在哑巴的身边，拥抱着相互取暖入眠。

夏夜，小虫唧唧，晚风习习。他们就睡在茅屋旁的青石板上，以大地为席，天空作被。头顶上月光朗朗，群星灿烂。梦里哑巴和狗一左一右偎依在爸爸妈妈身边，一家人其乐融融。

绵绵淫雨，好像下了几个世纪，整个果园阴雨蒙蒙，凄凄恻恻。阴冷的风吹得梨树上的花瓣纷纷扬扬，犹如飘飘洒洒的雪绒花。阴风恻恻，花飘满园，果园笼罩在愁云惨雾里。哑巴坐在梨树下，他的头上身上全是白色的梨花瓣儿。花雨飞飞扬扬，飘进水沟里，沉甸甸地打着旋，在水里浮浮沉沉，水晶又被水流带去了远方。他呆呆地看着，突然悲从中来，泪水喷薄而出，双肩剧烈抖动，头上身上的花瓣簌簌地往下掉。

原本在花瓣雨里撒欢的狗兴冲冲地向哑巴奔来，在他背后猛地一撞。哑巴却一反常态地没有一把揽过它，和它一起滚在草地上嬉笑打闹。它亲昵地含住他的手，他也一动不动。狗发现了他的异常，悄悄地偎在哑巴膝上，不解地看着他。哑巴的泪，无声地流淌。狗低吠着，泪水溢出了眼角。

哑巴一病不起。昏沉地躺在木板床上，水米未进。他痛苦难耐，牙关紧咬，辗转反侧。多年来的饥寒交迫，积劳成疾，身体早已透支，如今他再也挺不过去了。狗也几天没吃东西了，它几次下山去找二叔。二叔认得是哑巴的狗，他懒得理它。现在还不到果实成熟的季节。狗一次又一次地找去，一次又一次失望而归。

看着日渐衰弱的哑巴，狗心疼得吠吠地叫，泪水如断线的珠子。狗孤注一掷，再一次飞奔下山，咬着二叔的裤腿就往山上拽。二叔挣脱不开，顺手操起旁边的一个大铁锹，没头没脑地给一阵乱打，狗吃痛不住，哀叫着跑回草棚。它趴在床边细细地舔他的手，用头蹭他的脸，好像这样能减轻他的痛苦。哑巴看着这唯一的亲人，抚摸着它背上的伤口，"嗷嗷"地哭叫着，泪水不断地往外涌。狗轻轻地舔去他脸上的泪水，嘴里发出"嘶嘶"的声音，好像在向这个冷酷无情的世界发出强烈的控诉。

也许是父母在天之灵的庇佑，也许是上天也有恻隐之心。没想到哑巴竟然挺过了这次来势汹汹的重病。二叔的无情让哑巴彻底绝望。哑巴在自己身体康复后，带着自己的狗远远地离开了故乡。

凭着多年看护果园的经验，他在一家果园谋得技术员的工作。虽然，依然住工棚，依然是一人一狗，至少能吃饱穿暖，还有工资结余。闲暇之余，他为村里留守的孤寡老人挑柴担水，为留守儿童买买小文具和糖果。老人小孩们提起他都是满满的喜爱和称赞。

　　几年后，园主因有其他发展，且感于哑巴的善良、尽职尽责、吃苦耐劳，将果园低价转让给他。哑巴将果园打理得红红火火，果园赚钱了。他又拿出钱来修桥铺路，改善村里的出行环境，出资将村里摇摇欲坠的破教室推倒重建。

　　他带领村民们种植果树，免费提供果苗，免费技术指导。家家户户在他的帮助下发家致富，一些在外打工的年轻人也在他的感召下，回到家乡发展。

　　城里来的支教老师袁娅莉被张伟强人格魅力吸引，主动追求，不久喜结连理，最近听说今年生了个大胖小子了。

　　苦难没有打垮张伟强，反而让他如海燕，在暴风雨中越飞越高，越飞越远。如凤凰涅槃，浴火重生。这一切缘于他有一颗赤诚善良的心。人在做天在看，善心人，天不负。

奋斗的人生终将闪耀

王小波曾说：我承认男人和女人很不同。但这种差异并不意味着别的，既不意味着某个性别的人比另一个性别的人优越，也不意味着某种性别的人比另一种性别的高明。一个女孩子来到人世间，应该像男孩一样，有权追求她所要的一切。

今年夏天回乡，巧遇阔别二十多年的初中同学罗莉。她非常热情，非要和我叙叙旧。她拉着我进了街边一家咖啡屋。咖啡屋外墙爬满常春藤，里面也布置得如春天般，绿意盎然。冷气正好，让人如沐春风。

罗莉从小生活在一个美丽、宁静的小山村。幸福的四口之家，爸爸在城里一家工厂上班，妈妈务农。虽不富裕，但温暖幸福。在罗莉15岁那年，父亲病重内退，罗莉辍学顶替父亲上班。病魔无情，罗莉17岁时父亲离开了这个世界。妹妹还在上小学，妈妈身体不好，基本是个药罐子。罗莉擦干悲痛的泪水，逼着自己像一个男孩子一样去打拼，她成了家里的顶梁柱，撑起这个苦难的家。

按部就班地干了几年。朝九晚五的工作，饿不死富不了的工资，让罗莉萌生了离开体制的想法。罗莉是一个想到就做到的人，她发现美容美发行业正如日中天。于是她从学徒做起，不怕苦不怕累，虚心向前辈求教。短短两年罗莉就开了自己的美容美发店。可是这个行业日趋饱和，竞争愈加激烈，利润逐年下降。勉强支撑了一年，茉莉果断关门转行。

罗莉入职一家金融投资公司，如拼命三郎，短短几个月，就做到了经理职位。一些亲戚朋友，看到她的成功，纷纷拿着钱请她帮忙投资，也想借机赚一桶金。短时间内亲戚朋友也确实小赚了一笔，大家都对她刮目相看，对她赞不绝口。就在罗莉做得风生水起，憧憬着更大的成功时，金融公司一夜之间人间蒸发，罗莉成了众矢之的。她躲在家里不敢出门，像乌龟一样缩进坚硬的壳里，以躲避来自外界的白眼和亲戚朋友的指责、谩骂。罗莉意志消沉，甚至开始怀疑人生。曾经一度想从楼顶一跃而下，了此残生。可是她又不甘心，罗莉反复问自己，我到底错在哪里？几个好姐妹也不离不弃陪在她身边，劝她振作起来。

苦苦挣扎了一年多，她才慢慢战胜抑郁。我不能向命运屈服，那些打不死我的，必将使我更加坚强。罗莉开始积极应对，金融公司崩盘跑路，这本不是她的错，可她勇于担当。罗莉拿出自己多年的积蓄，又借了一些外债，还了亲戚朋友们的投资。

此时，罗莉不但身无分文，还负债累累。罗莉是个很坚定的人，知道自己要什么，也敢用自己的青春去赌明天。

一切从零开始。机缘巧合，罗莉接触到一款健康洗衣液。她觉得这是自己东山再起的机缘，不顾家人的反对，她果断、迅速拿下代理权。

一个女人想得到别人的认可和尊重，必须人格独立、经济独立、精神独立。罗莉从来都是自我成长，自我承担的女人。但任何成功从来不是一蹴而就的，跑市场、做社区活动、联系客户、沟通客户，甚至沉重的货物搬上搬下，她都亲力亲为。罗莉日夜兼程，丝毫不敢懈怠。这一路走来，失败多于成功。更让人揪心的是家人的不支持，朋友的怀疑。有时遇到解决不了的困难，罗莉躲在被窝里号啕大哭，但哭过之后站起来，继续风雨兼程。慢慢地，公司的经营走上正轨，开始良性循环。许多家庭用上了这款洗衣液，也有很多人加入了她的公司，共同打拼事业。公司逐步稳定后，罗莉积极开发新产品，寻求新的市场。

回首这段过往，罗莉明白了一个道理：奔着一个目标做一件事情，早晚都会成功。

闲逸的夏日午后，唯美的咖啡馆里，柔美音乐如水流淌。我们面对面坐着，她美丽、优雅、知性。伴着舒缓的轻音乐，侃侃而谈。那么多磨难与泪水，在她眼里似乎云淡风轻。

因害怕失败而不敢放手一搏，永远不会成功。感谢所有和我一路打拼过来的员工，感恩所有前行路上鼓励我，帮助我的朋友。罗莉由衷地感慨。一口喝下剩下的咖啡，罗莉坚定地说：以后的路，我会更加步履稳健。

魂牵梦萦格桑花

第一次知道格桑花，源于无意中听到的一首歌：

"格桑花儿开 / 烂漫染云彩 / 花蕊捧着心 / 花瓣捧着爱 / 雪域高原一幅五彩的画哟 / 寻芳的使者情窦开……"旋律欢快，歌词唯美。我反复听了无数遍，歌里美丽的格桑花儿勾起我强烈的好奇心。格桑花是什么花？如此美好的格桑花，在哪里能看到？

查阅资料，我才弄明白。格桑花是青藏高原上的一种野花，传说是由一位名叫格桑的活佛死后变成的。格桑花能带给人们吉祥、幸福和爱，被藏民称为吉祥花。是藏族人民心中最美丽、最圣洁、最顽强的花儿。

我既心动又遗憾，好想能亲自看一眼真实的格桑花。可是青藏高原山高水远，不知猴年马月才能一睹它的芳容。

后来听说重庆也有格桑花，我喜不自禁。十一长假，我们全家自驾，去看我心心念念的格桑花。避开拥堵的出行高峰，我们一路畅行，很快到了目的地——巴南天坪山。停车场已经停满了车，游人如织。我有些惊喜，原来有如此众多的人和我一样热爱着格桑花。

天坪山海拔高，气温低，正好适合格桑花生长开花。昨晚刚下过雨，棕黄色的仿木地板被雨水冲刷得光滑洁净。道路两边都是大片大片的格桑花田，白色、粉色、紫色、还有白紫相间的，各种各样的颜色相互映衬，开得热热闹闹，蜜蜂嗡嗡嘤嘤，蝴蝶翩翩起舞。十月的清风凉爽宜人，夹带着花的香气。越往里面走，道路越宽阔，格桑花开得越灿烂。目光所及之处，到处都是格桑花，形成了花的海洋，花的世界。微风吹拂，格桑花涌起高低起伏的彩色浪花，气势磅礴，绚丽夺目，美不胜收。格桑花娇艳，圣洁，治愈。一切工作压力，生活烦恼，在这一刻烟消云散了。

一个硕大的天然湖泊豁然出现在眼前，湖面有几艘小船正悠然荡漾，远远望去，像是在花海里泛舟。湖泊的中央有一个孤立的小岛，岛上也开满了五颜六色的格桑花，像立在水中央的佳人。起雾了，岛屿、轻舟、格桑花、游人笼罩在云雾里，飘飘然，白茫茫一片，人遥遥水迢迢，如梦似幻，美如仙境。置身其中，身体和灵魂悄然得到净化，人也跟着飘逸起来。万籁此俱寂，游人们仿佛受到这人间仙境的感染，虽人群摩肩接踵，却悄无声息。在花丛间观赏、漫步、拍照，无人高声喧哗，人与格桑花相映成趣，好一片完美和谐的胜景。

天空淅淅沥沥飘起了小雨，没有人惊慌失措，乱了步伐。有伞的拿出漂亮的雨伞撑起来。没伞的人也不急，头顶丝丝小雨，悠然漫步在花丛中，更别有一番情致。美丽的格桑花、各种颜色鲜明的雨伞、湖水微澜、轻舟荡漾，在云雾缭绕中，相映成趣，宛如置身人间天堂。

一会儿工夫，雨就停了。太阳慢慢探出头来，雾气渐渐散去。眼前的景致逐渐清晰明朗起来。雨水轻湿格桑花，水珠儿晶莹，花瓣儿剔透，格桑花儿更艳丽，更纯净，更是美得逼人，美得惊心。我深深陶醉其中，久久不愿离开。

去湖边餐厅吃饭，小憩。看见一老人在用簸箕晒种子，她顺手递给我一把，热情地说，"这是格桑花种子，送给你，回去种种试试。"

我如获至宝，郑重地用纸巾包好，放在挎包最隐秘处。可是，我所居住的城市，气温太高，根本不适合格桑花生长。虽然，我费尽心力，格桑花种子，却烂在土里。让格桑花随时陪伴身边的梦破灭了。

自从天坪山花间一别后，魂牵之梦萦之。蓦然惊回首，幡然又遇君。第二次偶遇格桑花，是去武陵山国家森林公园开会。在汽车上，无意间望向窗外，蓦然发现公路两边，各色格桑花正在静静地绽放，发出独特而耀眼的光芒。随着汽车越往里面行驶，格桑花更多，五颜六色，星罗棋布。它们不屑与周围的各种鲜花争宠，悄悄地开着，默默地艳着，渺小而热烈，娇艳而不娇弱。接下来的几天会议，天天与格桑花儿亲密接触，朝夕相伴。我的身心灵再一次得到格桑花的熏陶与净化，冗长的会议上再也没打过瞌睡。格桑花不但带给我们吉祥如意、爱和幸福，还带给我向上的力量和勇气。

武陵山的气候与西藏近似，特别适宜格桑花生长。春天，春光明媚，绿草如茵，百花争艳；夏天，青山拥翠，绿树成荫，格桑花开；秋天，天高云淡，叠翠流金，层林尽染；冬天，大雪飞扬，玉树琼花，银装素裹。尤其夏天，城里热浪滚滚，如同蒸笼。武陵山却凉风袭人，格桑花遍地怒放。因为格桑花，爱上这片山水，索性在山水之间购置小屋一间。此后余生，与格桑花相伴，不再分离。

每次回到山上的小屋，格桑花儿们都英姿勃发地列队欢迎。它们不畏雨打风吹，不畏暴雪风霜，风姿绰约地盛开。格桑花的生命力顽强，种子所到之处，在极短的时间内，迅速发芽，深深扎根，悄然绽放。格桑花的花期很长，一开就是几个月。它们纤弱矮小，看起来弱不禁风，可风越狂，格桑花越挺拔；雨雪越暴虐，格桑花的茎叶越青翠；太阳越强劲，格桑花开得越灿烂。格桑花和藏族人民一样，有着不屈不挠，顽强拼搏，永不放弃的精神。

不抱怨才美好

　　假日加班，中午到了饭点，我去公司楼下的小面馆吃午餐。和我一前一后进店的是一个中年男士，三十四五岁的模样。估计也是轮到假日值班，黑着脸，面露不悦。我们点了同一种食物——红烧牛肉面。

　　虽然我们吃着相同的食物，吃到的味道却截然不同。

　　那人刚吃了一口就叫起来："老板，今天的牛肉面味道很差啊；而且面条分量不足啊；香菜都泛黄了，好几天前剩下的吧；牛肉也是切得越来越小了……真是无奸不商啊……"

　　老板见惯不怪，不想与脾气火暴的顾客正面冲突。偷偷瞟了他一眼，自顾忙手里的活儿，假装没听见。店里还有几个顾客，也都自顾闷头吃面，没人理他。

　　我吃着自己的那份牛肉面，心里却满是幸福的感觉。香菜新鲜碧绿，红烧牛肉大小适中，油泼辣子红得发亮。牛肉面热气腾腾，香味四溢。我慢慢品味，犒劳着忙了一上午的自己。这几天秋雨缠绵，气温陡然下降，有些凉飕飕的。几口香浓的热汤下胃，感觉整个人都暖起来了。我对那个年轻的老板投去感激的一瞥，老板会心一笑。趁着一点空闲，老板打开了音响，店里萦绕着舒缓的轻音乐。音量极小，似有若无，余音绕梁。伴着音乐，吃着可口的牛肉面，整个人身心舒畅、熨帖、满足、幸福感满溢。

那个顾客全程眉头紧皱，边吃边咕咕哝哝。手机铃声遽然响起，他接听了没两秒，就生气回应："这个策划我都修改三次了，要不要这么挑剔啊？"他粗鲁地摁掉手机，继续赌气似的吃面。又一个电话不识相地闯了进来，显然是他的妻子，因为他冲手机吼道："不是跟你说我要加班吗？总是问要不要回家吃饭，外面没的饭吃？"手机被他重重地摔在桌子上。他稀里哗啦，干完剩下的面。抓起手机，丢下钱，抹着额头上的汗，扬长而去。

几个顾客看着他离去的背影，摇头、窃笑。显然，他们和我一样，猜到他情绪不佳的原委。

有人说，情绪的好和坏，取决于你的内心。人生在世，在生活和工作中，难免遇到诸多不顺。如果不调整心态，积极面对，坦然接受，会因为不顺影响心情。带着情绪，又怎么能品味得出和平时并无差别的，美味的牛肉面？又怎么能体会得到妻子对自己的关爱？因为迁怒，抱怨，让他看不到眼前和身边的美好。或许会遇到更大的阻碍，实在是得不偿失！

外婆的爱

我们兄妹四人都是外婆一手带大的。到了学龄，兄妹四个就陆续离开家乡，离开外婆，像羽翼渐丰的雏鸟离巢。外婆颠着一双小脚，送一个又一个外孙、外孙女孙女远行，自己一人独守空巢。

每逢节假日，不管千山万水，风雨兼程，我总是第一时间赶回去看外婆。我回去，外婆事先并不知道。但是每次一进村，远远地就能看到，那棵比外婆还苍老的皂角树下，外婆矮小孤独的身影，伫立在风中。夕阳余晖洒在她身上，她笼罩在金光灿灿的光圈儿里，银丝变成了金发。

每次看到外婆，我总是忍不住惊喜，一边奔跑一边呼喊："外婆，外婆，我回来了！"卧在外婆身边的大黄狗闻声而动，眨眼间就冲到我面前，扑到我身上，嗷嗷叫着，上蹿下跳。外婆也颠着一双小脚，急切地向我迎来。我怕外婆摔倒，更疯狂地奔跑起来。外婆总是一叠连声地叫："慢点，乖乖，别跑，乖乖，小心！别摔着了！"我跑到外婆面前，抱着外婆久久不愿松开。外婆的脸笑成了一朵太阳花儿。

小时候特羡慕大哥，他总能轻松地抱着外婆转上好几圈儿。我慢慢长大，外婆越来越老，越来越瘦小了。到我也能轻松地抱起外婆的时候，外婆再也不能颠着小脚，健步如飞了。小时候，总觉得外婆很神奇，她总是能准确地预知我的归期。早早准备好我爱吃的食物，满满一篮鸡蛋、炸得金黄酥脆的小麻花、炒得香喷喷的爆米花、晒得干干的南瓜子……

大姨说，外婆哪有那么神。她每天下午，雷打不动地站在那棵皂角树下，向你回家的方向眺望，长久等待。

外婆矮小干练，一身蓝布长褂洗得泛白，小小尖尖的绣花布鞋一尘不染；饱经风霜的脸上刻满深深的皱纹，一头银发，梳得一丝不乱，她是全村最干净整洁最慈祥最有爱的老人。

外婆的围裙像个百宝箱，"哆啦A梦"般掏出很多好吃的东西来，一把爆米花，几颗水果糖，有时候是花生，瓜子……年老的外婆满口牙齿早已下了岗。别人给她的零嘴，她都专门留给我。我不在她身边的日子，村里的孩子都喜欢围着外婆转悠，外婆不时从围裙里变出糖果来分发给他们。

我最喜欢跟着外婆去她的菜园。早晨的空气格外清新，红艳艳的旭日从地平线上升起，给蒜苗、青菜、瓜果镀上了一层金色。阳光穿过树叶，投影在地上，斑驳摇曳。草叶上的露珠，像璀璨的翡翠，闪耀着五彩的光华。活泼的小鸟儿在枝丫间跳跃，叽叽喳喳争吵不休。外婆的菜园里色彩丰富，各种蔬菜瓜果争奇斗艳，喷芳吐香，红艳似火的辣椒，紫水晶似的茄子，青翠欲滴的黄瓜……真是一个锦簇缤纷的世界。

我整天黏着外婆，她摘菜，我跟着；她喂猪，我跟着；她去晒谷场晒豆子，我跟着；她做饭，我还是跟着。所有的事她都不许我插手，她总是说："你别动，乖，把衣服弄脏了。""乖乖，你慢点走，别把鞋子踩脏了。""快放下，我来，我来，别把你给烫着了。"外婆不但不烦我这个碍事的小尾巴，还整天都笑呵呵的，不厌其烦地给我做这个做那个，仿佛看到我不停地吃，才是她最开心的事。

夜幕降临，一轮圆月从鱼鳞般的云隙中闪出，月光盈盈洒满庭院。外婆将凉床搬到院子，在树下点燃青蒿，驱赶蚊蝇。我们俩躺在一起，仰望星空。天空澄净幽远。外婆轻摇蒲扇，缓缓述说久远的故事。夜寂寥，萤火虫拍着翅膀，忽闪忽闪从我们头顶掠过；丝瓜架上的丝瓜花儿悄然绽放；墙脚的蛐蛐窃窃私语；远处稻田里的青蛙"呱呱"唱着欢快的歌儿。岁月静好，真希望就这样偎在外婆身边，直到永远。

外婆絮絮地说："张二娃的奶奶走了，李华的爷爷走了，隆三儿的外婆也走了，村里的老人都走得差不多了。老了，老了，我八十多了，也该走了。"

我的泪唰地就下来了。我把头埋进枕头，紧紧咬着嘴唇，假装睡着了。外婆摇扇的手缓缓垂下来，她终于累极入睡。我轻轻起身，轻轻抽出外婆手里的蒲扇，轻轻为她扇风。月色溶溶，夜空澄净，星星眨着眼睛，仿佛闪耀着细碎的泪花。外婆睡得恬静安详，我的泪怎么也止不住。岁月如刀，老去光阴速可惊，这样与外婆相伴的岁月还有几何？我恨光阴似箭，不肯为外婆走慢点，再慢点。

假期结束，不得不离开了。外婆红着眼眶，往我包里塞东西。不管我如何劝阻，外婆总是不停地塞塞塞，似乎想把全世界都打包给我带走。

外婆像是突然想起了什么。匍匐着钻进床下，在床底摸索了好一会儿。待她艰难地爬出来，怀里抱着一个小小的青花瓷坛。我见过，那是她年轻时的嫁妆。瓶口被她封了一层又一层，她往床上一倒，哗哗倒出一堆钱币，十元、五元、五毛、还有一些硬币。外婆一把一把地往我包里塞。

外婆颇有些得意地说，床下有个老鼠洞，将钱放进瓷坛里，再放进老鼠洞里，神不知鬼不觉，再高明的偷儿也想不到。我抱着外婆，眼泪狂流。外婆拍着我的背，不住地说："乖乖，好好读书。放假就回来。"

"拊我畜我，长我育我。顾我复我，出入腹我。欲报之德，昊天罔极。"我亲亲的外婆啊，您庇佑我，不厌其烦地照顾我，无时无刻地牵挂我。您的恩德浩瀚无边！此生此世我都无法报答点滴啊！

漫游花谷

周日和同事们一起去大木花谷游玩。汽车一进入大木乡境内，我就感受到凉风习习，空气清新醉人。满目山清水秀，群山绵延，山高林密。公路两边繁花似锦，绿郁葱葱，花香袭人。

进入山水相依的谷地，我真的看到了一个普罗旺斯——大木花谷——"中国的普罗旺斯"。

首先映入眼帘的是牵牛花、黄色雏菊、星罗棋布的小野花儿。花儿们张着笑脸，随风摇摆，送出缕缕芳香，仿佛在欢迎我们的到来。

一朵朵喇叭花盛开在道路两旁，有的红艳似火、有的纯白无瑕、有的紫如水晶、有的粉嫩如婴儿的脸……它们迎风起舞，又唱又跳，演绎着万种风情。各种叫不出名字的鲜花闪耀着耀眼的光芒，散发着芬芳，伸出手把我们拉进花丛中。

哇，格桑花，我魂牵梦萦的格桑花。我向前狂奔，扑进那一片格桑花海。五颜六色的格桑花交错怒放，开得肆意，开得热烈，开得不管不顾。象征着爱与吉祥的格桑花圣洁，美丽，使人迷醉。我徜徉花海，每一朵花儿都仰着脸，发出淡淡的光华，晶莹剔透，仿佛在演奏一曲曲动听的歌谣。子规轻啼，思念如烟，我在格桑花纯净的笑容里醉了。汪茜拉着我往花海深处走去。

辞别格桑花，又步入一片金黄。几万株向日葵竞相绽放，排山倒海，迎风招展，金光灿烂。一张张小小的笑脸对着我笑得烂漫，仿佛在埋怨我，你怎么才来啊？那一团团炽烈如火的金黄色，融合着自然的绚丽光彩，在风中舞蹈。"白露清风催八月，紫兰红叶共凄凉。黄花冷淡无人看，独自倾心向太阳。"我情不自禁吟出宋代诗人刘敞咏葵花的诗。向日葵不管身处何地，不管风和日丽还是雨骤风狂，总是顽强地追逐太阳，执着地追求幸福。它抛却杂念，向着太阳，努力生长。它的性情单纯而美好，热烈而奔放。向日葵的花语是信念、光辉、高傲、忠诚、爱慕。向日葵的爱，简单而热烈，坦坦荡荡，不离不弃。我想起了梵高的名画《向日葵》，金黄耀眼，色彩绚丽，如烈火燃烧，深刻体现了向日葵和梵高同样的品性，豪放不羁，坚毅顽强，决不放弃。

我"误入葵花深处"找不到出路，汪茜和几个朋友渺无踪影。在葵花迷宫里徘徊，像误入了一个迷魂阵。穿过大片大片金色的向日葵，突然眼前豁然开朗，我已然站在一片紫霞蒸腾的土地上了。遍地薰衣草迎风绽放，紫色的海洋翻腾，紫色的浪花滚滚向前。纯粹，没有一点杂色的紫装点着翠绿的山谷。此时，阳光明亮而热烈，风儿轻柔，燕雀婉转，满眼都是纯美的紫色，呼吸里都是薰衣草优雅的淡香。

我霎时醒悟，花谷对外宣称"中国的普罗旺斯"，是由此而得名吧。蔚蓝的天空下，一望无垠的紫色薰衣草在风中摇曳，那一株株紫色的花穗仿佛在向我招手，用迷人的花香和纯粹的色彩，引诱我走进花田，如在紫色的海洋里梦游。淡淡的香味，沁人心脾，让人迷醉。

一个熟悉的声音打断我的梦，汪茜和几个朋友也来到了薰衣草花田。变换着各种姿势，拍照留影。个个脸色红润，神情兴奋。花不醉人，人自醉啊。

我们一起游览了剩下的几处胜景，海棠园、百花园、人工湖、鸢尾溪、香草园、龙洞幽境……每一处胜景都让人叹为观止，流连忘返。我真切体验到一种"宠辱不惊，闲看庭前花开花落，去留无意，漫随天外云卷云舒"的闲适与悠闲。

　　天色渐暗，尽管不舍，我们还是依依不舍地惜别了大木花谷。大自然的鬼斧神工，加上人们辛勤的汗水浇灌，将大木花谷打造得如人间天堂，堪比普罗旺斯。我决定今后，常邀三五好友，登山临海，看日出日落，花开花谢；与山林共处，与花草呢喃；与鸟虫对话，领略天地的精华，感受大自然的神奇与伟大。

奶油春天

"奶油春天！""拉丝扶郎！"多么诗情画意的名字。光听名字就让人心醉不已。

下班回家路上，一家花店趁着下班高峰，在门口展出了十几盆姹紫嫣红的"非洲菊"。花儿太美，成功勾住了我的眼睛，拉住了我的脚步。一盆盆犹如夜空中绽放的烟花，绚丽多彩，五彩纷呈。每一盆都开得灿烂，饱满，有的红艳似火，有的橙黄似金，有的洁白胜雪，有的红粉似霞，也有玫瑰紫，玫瑰红……各种颜色的花儿竞赛似的，迎风吐艳，令人心醉。过往闲人无不驻足。不时有人抱着心仪的花儿离去。

店主笑着向围观的人群介绍，"我卖的可不是普通的非洲菊，它们叫拉丝扶郎。"拉丝扶郎？！这花名惊艳到我了。这些花儿不但美，连名字都带着仙气儿啊！

我选了一盆奶白色的。店主瞟了一眼，颇有些骄傲地说："你选的这盆叫'奶油春天'。"

我讶异，难道每种颜色的拉丝扶郎都有独特的名字？为什么既"拉丝扶郎"，又叫"奶油春天"？因为翠绿色的叶子衬托着奶白色的花朵？

194

抑或是像蓝天托着朵朵白云？

店主正欲回答，被又一拨涌来的顾客打断。店主笑吟吟地迎向新顾客。我捧着宝贝，不舍离去。各种颜色，姿态各异的拉丝扶郎们，个个美如仙，我转不开眼，挪不开步啊。

看，那盆金黄色的拉丝扶郎，金黄色花瓣舒展开来，像一个金发女郎，脸上洋溢着灿烂的笑；那盆玫瑰红的拉丝扶郎，慵懒地伸展四肢，花蕊上点缀着橘黄色的小絮；那盆粉红的拉丝扶郎，花瓣纤细散乱，犹如羽毛，轻盈洒脱；那盆橙色的拉丝扶郎，像一个个小太阳，散发着活力四射的光辉。拉丝扶郎的枝叶翠绿挺拔，花色丰富饱满，造型独特，花瓣一层挨着一层，一圈儿叠着一圈，好像一群俏皮的长发姑娘围在一起嬉戏。

越来越多的人被拉丝扶郎们吸引，店主忙得不可开交。我只好抱着我的"奶油春天"离开。我意犹未尽，走出老远还回头张望。我仔细端详怀里的拉丝扶郎，它的叶子神似绿色枫叶，花瓣细长飘逸，花色如奶油细腻丝滑。一阵微风吹来，花瓣随风飘动，犹如美少女的长发飘飘。

拉丝扶郎又叫蛛丝非洲菊、毛边非洲菊。拉丝扶朗的由来，有一个美丽的传说。相传在 20 世纪初，有一个非洲小国马达加斯加，盛产这种叫非洲菊的小野花。它们枝茎微弯，花朵低垂，仿佛态度谦卑，却热情洋溢。这种野花花色丰富，四季常开，且随处可见，随手可得，美丽娇艳，活力非凡。

一个叫斯朗伊妮的少女非常喜欢这种非洲菊。在她结婚时，到处插满五颜六色的这样的花儿。她的新郎喝醉了，走路踉跄，新娘上前搀扶。他们相互扶持的样子，态若身边微微低垂的菊花。宾客们看到了，都笑着说，这些花儿可真像扶郎啊！从此扶郎花的名字就这样流传开了。

我仔细看看我怀里的奶油春天，花茎微弯，花开灿烂。尤其是两朵花靠在一起，像极了新郎新郎相扶相携的姿态——低头弯腰，笑意盈盈，相互扶持，互敬互爱。

拉丝扶郎花寓意美好，代表新婚夫妇互敬互爱，有毅力、不畏艰难，妻子辅助支持丈夫，丈夫敬爱珍惜妻子，是对新婚夫妇最美好的祝愿。

我突然想到住我隔壁的小同事，一个星期后就是她的婚期。如果将这盆漂亮的奶油春天送给他们，岂不是既应景，又能代表我的心意！我转身向他们家走去，就让这盆"奶油春天"代表我，给他们送上最诚挚的祝福：祝新婚夫妇互敬互爱，永远幸福快乐！

故乡

老屋要拆了，接到表哥的电话。我立刻请假，马不停蹄地往老家赶，只为见老屋最后一面。我是在老屋里出生，老屋里成长。老屋承载了我的童年，此生最美好的回忆，就是在乡下老屋的童年时光。

村子空了，只剩下老人和孩子。田地荒芜，杂草疯长，比人还高。昔日流水潺潺的河流，也被野蛮的茅草野树侵占。村里杳无人烟，走了老远，只看见几个老人和孩子。他们看到我，像看西洋镜般稀奇，我们互不相识。满目萧条，满目陌生，令我想起贺知章的《回乡偶书》："少小离家老大回，乡音无改鬓毛衰。儿童相见不相识，笑问客从何处来。"从上小学，我就离开村庄。从外婆离世，就再也没有回过故乡。

年迈的老人带着年幼的孙子，孩子们脏得像泥猴，终年难得与父母见上一面。学龄孩子的学习无人监管，往往胡乱上几年学就早早辍学，重蹈父辈的覆辙。老的离世，年轻的远走。很多房子大门紧闭，铁锁锈迹斑斑，屋檐蛛网密布。更有夸张的，一些树枝藤蔓已从墙缝、门窗空隙处入侵。蓝天依旧，山河萧索，人影渺渺。

我家的老房子也等不及与我见最后一面，已被拆除，只余一捧黄土。

我心悲凉，再回故乡，怕只能是在梦里了吧。我沿着那条原本宽阔，而今已被杂树野草掩藏的石板路，艰难地前行。细碎的阳光，斑驳的影子，在我身上跳跃。踏着摇曳的光影，心情也随之斑斓起来。燕雀巢居在密林之间，花瓣轻轻飘落在河面，鸟鸣坠落在我的脚前。旁边有两个老者正在锄地播种，很小的一块菜地，只是种几畦家常小菜。村里绝大部分土地闲置荒芜，早已无人耕种。我站在那儿，凝神看着。许多朴素的美好，只剩回忆。

孩童时，太阳底下，大人们在田间地头劳作，挥汗如雨，热火朝天。村落上的炊烟随风袅袅飘扬，狗们在山野里疯跑，鸡们在树枝上打鸣，猪们在圈里哼哼唧唧。孩子们三三两两相约，上山放牛、割草、嬉戏、下河游泳、摸鱼、打水仗。小想起袁枚《所见》"牧童骑黄牛，歌声振林樾。意欲捕鸣蝉，忽然闭口立。"村里大哥哥们骑黄牛，捕知了的情景如在眼前，多美好，多么难忘。虽然从小恐惧大水牛，害怕一切虫蚁，而今却是悠长的回忆和不舍的眷恋。

昔日何等热闹喧嚣的村庄，如今却只留下荒寒；以前栖息梁间、屋檐下的燕子，如今不知飞向何处？往日风景幽胜的去处，到处长满苔藓与野藤。荒草淹没了路径房舍，就连那些清闲的麻雀，也早已无法重温偷吃粮食的欢愉与窃喜。

阳光在周围洒落，风儿在身畔游走，村庄在眼前静立，一切都那么让人伤感。偶尔的鸡鸣犬吠，越发地衬托出无边的幽静，令人感觉凄楚。老屋前那蓬月季，尽情疯长，尽管无人欣赏，亦兀自开得灿烂。我再也没有心情在这片荒芜里游荡，重温纵情欢乐的旧梦。我怕看见魂牵梦萦的村庄和老屋，以这么荒凉的姿态在我眼前再现；我怕听见那悲切的声声鹃啼；我怕闻到乡间独特的花香、果香、饭菜香。我想要逃离，就像那些村民纷纷逃离农村，汇入大城市的滚滚红尘。

斜阳暗淡，坐上回程的汽车，车轮滚滚，我热泪滚滚。我的故乡成了他乡，流泪，向老屋告别，向一段岁月挥手。别了，我的故乡，我永远的乡愁。